T0007745

El hombre amansado

El hombre amansado

HORACIO CASTELLANOS MOYA

LITERATURA RANDOM HOUSE

Papel certificado por el Forest Stewardship Council®

Primera edición: abril de 2022

Travessera de Gràcia, 47-49. 08021 Barcelona

Printed in Spain – Impreso en España

ISBN: 978-84-397-3875-6
Depósito legal: B-3.183-2022

Compuesto en la Nueva Edimac, S. L.
Impreso en Unigraf (Móstoles, Madrid)

R H 3 8 7 5 6

A Mercedes Niño-Murcia,
ángel de la guarda del extraviado

Mas porque eres tibio, y no frío ni caliente,
te vomitaré de mi boca.

JUAN, *Apocalipsis* 3,16

Por ellas escenificamos de la mañana a la noche la comedia de la cortesía, aparentamos sentir respeto por aquello de lo que en secreto nos burlamos, nos callamos o de lo que nos causa risa o desagrada; por ellas obligamos a nuestra boca a decir ridiculeces, fingimos tener creencias que no tenemos, negamos nuestras ideas y enrojecemos por no ser aún más viles.

ARTHUR SCHOPENHAUER,
«Recuerdos del conde Foucher de Careil»,
Conversaciones con Arthur Schopenhauer

ÍNDICE

1

LA PRIMAVERA ASOMA

Está sentado en la terraza del café, de cara a la explanada. A su derecha, la entrada del metro; a su izquierda, el supermercado ICA y el Hank's Heaven, el bar de la zona. Corre la última semana de abril, pero hoy es el primer día primaveral, luego de meses de frío, nieve, lluvia; de cielos grises y deprimentes. Erasmo disfruta del sol tibio que le golpea el rostro, observa a la gente que pasa deprisa, que va o viene del metro, o de las paradas de buses ubicadas más allá de la explanada. Percibe la emoción que el cambio de temperatura ha producido en los transeúntes; algunas chicas visten falda corta con botas, pese a que el aire aún hiela en la sombra.

El capuchino se le ha enfriado, pero esperará antes de beber los últimos sorbos. No está solo en la terraza: en la mesa a su derecha, un par de mujeres con acento chileno chismorrean; a la izquierda, hacia la puerta del café, como si estuviesen en una intensa conspiración, tres árabes hablan por lo bajo, dos de ellos con larga barba al estilo talibán y el tercero bien afeitado, con un semblante que le hace recordar a un conocido de su juventud, a quien llamaban «Don

Beto». No es la primera vez que mira a esos árabes en el café; no le gustan, aunque ni siquiera sepa si son árabes; podrían proceder de Irán, de Afganistán, de Turquía, o de cualquiera de esos países del centro de Asia que antes eran soviéticos. No le gusta el tufo a paranoia que segregan; de lejos un perro huele a otro perro.

¿Qué habrá sido de «Don Beto»? ¿Cuál era su nombre? No lo recordará. Procedía de una familia de origen palestino o libanés.Y fue propietario de una pequeña librería, unos años antes de que comenzara la guerra. Así lo conoció, como cliente de la librería, que estaba ubicada en un minúsculo local sobre la calle Arce, muy cerca de la Basílica, en San Salvador. ¿Cómo se llamaba la librería? Tanto tiempo –al menos treinta y tres años–, y tan lejos, y con su mala memoria. Pero la librería de «Don Beto» no la volaron por los aires, con una carga de dinamita, los militares, como hicieron con varias otras. Eso sí lo recuerda. «Don Beto» olfateó el peligro y cerró.

Siempre le ha gustado sentarse en las terrazas de los cafés y las cervecerías de las ciudades en que ha vivido, observar a la gente que pasa, a la que está a su alrededor. Disfruta el divagar caprichoso de su mente, fisgonear al prójimo, imaginar sus oficios, ocupaciones. Desde su época de joven periodista presume de su olfato para detectar policías encubiertos, soplones, malandrines. Ha convertido una fantasía sobre sí mismo en virtud.

Bebe un sorbo del café frío. Una de las chilenas, la del rostro con rasgos masculinos, ríe a carcajadas. La mira por el rabillo del ojo. No ha puesto atención a lo que dicen; sólo ha reconocido el acento. La otra, la que seguramente contó el chisme, permanece seria. Las dos son viejas, curtidas. La mayor parte del tiempo hablan en español, pero a veces lo hacen en sueco. Ambas visten finas chaquetas de cuero: la de la risa escandalosa, de color amarillo; la otra, color lila.

Pasa tanta gente por la explanada, en especial cada vez que un tren arriba a la estación y expele a la manada variopinta. No reconoce a nadie. Mira de reojo a las mujeres guapas que pasan, pero no con la vehemencia y descaro de años atrás, sino con temor de que puedan descubrir su mirada. Algo se le quebró adentro, o más bien se lo quebraron.

A los que sí reconoce es a los cuatro borrachos siempre de juerga, apretados en una de las bancas de la explanada. Pululan con frecuencia por la zona. Tres hombres y una mujer. Vetustos, desarrapados, de piel blanca y cuarteada; hablan a los gritos, a veces agresivamente, y se pasan de mano en mano la bolsa de papel con la lata de cerveza o la botella de licor de la que beben. «Teporochos», les diría en México.

Pero ya no regresa a los recuerdos de su larga temporada mexicana, ni siquiera sabe cuántos de esos recuerdos aún permanecen en su memoria. A los de El Salvador es más fácil volver cuando se reúne con Koki en el Hank's Heaven. Y los últimos –los de Merlow City, Washington y Chicago–, permanecen amenazantes pero arrinconados por la Piruxetina, la pastilla milagrosa que lo mantiene en esa especie de estado de gracia en el que transcurre sus días.

Quién iba a decirle que terminaría empastillado contra la depresión, la ansiedad y el pánico. A lo largo de su vida había despreciado a psicólogos y psiquiatras. Para conseguir un ansiolítico nunca necesitó visitar a esos carceleros de la mente con sus parafernalias, sino que le bastaba la receta de un médico general. Hasta que el mundo se hundió bajo sus pies y acabó internado en la clínica psiquiátrica de Merlow City.

Bebe el sorbo postrero del café. Una nube, pequeña y traviesa, surgida quién sabe de dónde, ensombrece por un momento la terraza. Debe ir al ICA a comprar champiñones, un pimiento rojo, ajos y un cartón de leche para Josefin.

Los dos tipos con barba a lo talibán se han puesto de pie, se despiden de «Don Beto» y pasan frente él, mirándolo de reojo. No entran al metro, sino que siguen de largo, hacia la otra ala del área comercial.

¿Creerán que es informante, que los vigila?

«Don Beto» ha encendido un cigarrillo, echa un vistazo a su alrededor, escudriñando a quiénes están en las mesas y a los que permanecen de pie en la explanada o frente a la salida del metro. Luego alza el periódico que tenía sobre la mesa. Es el operador del grupo, no le cabe duda.

Las cajeras del ICA son muy jóvenes y guapas. Le gusta en especial una chica morena, de ascendencia somalí. Cuando paga, a veces ella le pregunta algo. Él se disculpa en inglés por no hablar sueco. Ella repite la pregunta en inglés, amable. Él aprovecha para sacarle un poco de plática.

Una vez, mientras cenaban, le comentó a Josefin sobre la cajera. Ésta sabía a quién se refería, coincidió en que era muy guapa. Horas más tarde, cuando hacían el amor, Josefin sugirió que invitaran a la somalí a tener un trío. Fantasearon con ello un par de semanas.

Pero ahora la somalí no está en las cajas registradoras.

Sale del supermercado. En la terraza del café, las dos chilenas aún chismean. Un tipo con traje gris y corbata roja ha tomado la mesa que él dejó. Ni sombras de «Don Beto».

Sigue de largo. Unos metros después de la entrada a la estación, en la esquina de la florería, se mete por el callejón lateral que desemboca en el estacionamiento. Lo bordea por la acera de locales comerciales. Lo primero que hará al llegar al apartamento será poner el filete de salmón en una palangana de agua para que se descongele; no debe olvidarlo. Josefin se ríe de su aversión al microondas. Frente al centro deportivo de la zona, un grupo de adolescentes con sus equipos de jockey ocupan la acera, a la espera de quienes llegan en auto a recogerlos. Cruza entre ellos; briosos, luego del partido o del entrenamiento, exudan testosterona. Alcanza la callejuela que conduce a su edificio.

Siempre almuerza a solas. Si Josefin tiene turno vespertino, como ahora, come en el hospital; si es el nocturno, ella llega muy temprano en la mañana y duerme hasta media tarde, cuando se prepara un *brunch* tardío. Pero casi siempre cenan juntos. Y en eso piensa ahora, sentado a la mesa, frente a su plato de salmón y champiñones: en lo que cocinará para la cena. Asume esa tarea como su misión diaria, preparar algo que le guste a Josefin, como si fuese la mejor forma de pagarle todo lo que le debe, porque ¿qué sería de él si ella no hubiese aparecido?, ¿en qué se hubiese transformado su vida si esa enfermera sueca que hacía el servicio de una especialización en la clínica de Merlow City no se hubiese apiadado de él, y luego, quizá, enamorado?

Mastica con la vista perdida tras el cristal de la puerta que conduce al balcón. Desde ese séptimo piso tiene una panorámica privilegiada. En lontananza, el verde de los bosques que se difumina en profundidad hacia el sur de la ciudad; más cerca, un salpicado de edificios de apartamentos; enfrente, como a doscientos metros, la torre más alta de la zona, en cuya azotea resplandece el rótulo «Högdalen» –nombre del barrio– en letras rojas con borde amarillo, y un poco más abajo, adosada a la pared del último piso de la torre, la silueta de un gallo, también roja y amarilla. Si se asomara al balcón, a sus pies, divisaría el estacionamiento, el área comercial, y la parte trasera de la estación del metro y de la biblioteca pública.

Antes de su crisis, en el apartamento de Merlow City, cada vez que comía a solas, la voz en su mente se enfrascaba en un pleito con alguien que lo hubiese agraviado, quien fuese –su madre, su jefa, alguno de sus colegas o de sus examantes–, no podía controlar los reclamos a un interlocutor que se encontraba ausente y ante quien, llegado el caso, no diría palabra alguna de lo que lo enervaba. Ahora, pese a las pastillas, la voz en su mente continúa su monserga, pero no reclama, sino que pide perdón, contrita, a aquellos a quienes ha hecho daño, los mismos frente a los que antes se sentía agraviado, y lo hace con un sentimiento de culpa, a veces con los ojos llorosos, como en este momento en que se ha quedado con la mirada perdida tras los cristales, sin tocar el último pedazo de salmón, en un estado de autoconmiseración del que sólo saldrá cuando su mente sea ocupada por la preocupación por lo que preparará para cenar con Josefin.

Se le antoja cocinar unos espaguetis a la boloñesa, que tanto le gustan a ella. Pero le llevaría mucho tiempo; debería dejar la carne cocinándose en la salsa de tomate por lo menos una hora. Ha quedado de encontrarse con Koki en el Hank's Heaven a las 5.00, y Josefin llegará hambrienta antes de las 7.00. Ya se le ocurrirá algo sabroso y de hechura rápida.

Termina de comer el salmón y lleva los trastos al fregadero.

La doctora le explicó que esos estados de ánimos, de culpa y autoconmiseración, son arrestos de la depresión que la Piruxetina no logra atajar. Le dijo que la pastilla era como un excelente arquero al que de vez en cuando se le colaba un disparo en la portería. Ella casi siempre busca una comparación futbolística para explicar los problemas; practicó ese deporte por largo tiempo. A él se le ocurrió que la pastilla era como un arquero al que una y otra vez se le cuelan los goles por el mismo flanco, pero tuvo la ocurrencia luego de salir de la consulta. Ha perdido reflejos, chispa, las ganas de provocar con la ocurrencia.

Luego de lavar los trastos, se echa en el sofá a navegar en la computadora. Navegar es un decir. Repasa al vuelo los titulares de los periódicos de siempre: *The New York Times*, *El País*, *Página 12*, *The Guardian*, *La Jornada*... Resabios de su época de periodista, un hábito del que no termina de deshacerse. Pero ahora sólo les echa un ojo sin la pasión con la que antes los leía. Le parecen tan vendidos, tan evidentes. Este día todas las primeras planas repiten las amenazas de Obama a *Wikileaks* por revelar las torturas que padecen los prisioneros musulmanes a manos de los militares yanquis en Guantánamo. Siente como si la pantalla expeliera un hedor.

Y ya no abre las secciones culturales. Padece repugnancia ante la saturación de noticias sobre escándalos de famosos, linchamientos, víctimas y más víctimas de acoso vestidas a la última moda y en demanda de dinero. Abomina de la política de la corrección, la considera una hija del puritanismo disfrazada de progresista, culpable de su caída; pero se guarda de decirlo, ni siquiera a Josefin.

A los sitios porno, que antes tanto frecuentaba, ahora ni de broma se acerca, temeroso de que le tiendan una celada, que abra un video supuestamente para adultos y de pronto aparezca una menor y quede a merced de los sabuesos de la red.

Revisa su cuenta de correo, la única que mantiene de las que tuvo años atrás y que ahora permanecen en el abandono. Constata que no le han escrito de la agencia de traducción ni nadie más. Está lejos de todo. Le llega publicidad, cuentas e información del banco y de la compañía telefónica. Allá muy de vez en cuando recibe un corto email de un viejo amigo preguntando sobre su vida; él responde también con brevedad. Quien ha persistido en fastidiar con alguna frecuencia es su hermano Alfredito: pregunta dónde está, a qué se dedica; dice que su madre está muy angustiada por desconocer su paradero, y bastante enferma. Se les desapareció. No tienen su número telefónico en Suecia ni siquiera saben que reside en este país. Desde Merlow City, cuando su colapso, le hizo saber a su madre que había perdido el empleo en la universidad y que ya no podría enviarle los 200 dólares mensuales. Si Alfredito lo busca es a pedido de ella, que no tiene computadora ni teléfono inteligente. No quiso saber más de ellos; que se las arreglen como puedan. Ésa es una de las virtudes de la Piruxetina: la culpa se le hizo leve.

Pone la computadora sobre la mesa de la sala.

Decide lo que preparará para la cena: unas pechugas de pollo a la naranja y unas calabacitas con granos de maíz en salsa de queso crema y tomate.

Dormirá una siesta y luego bajará a hacer la compra.

2

LA HISTORIA COMENZÓ EN MERLOW CITY

Tiene ocho meses de haber llegado a Estocolmo. Josefin le propuso que se viniera con ella, en un vuelo directo desde Chicago. Él no tenía opciones: la visa de trabajo para permanecer en Estados Unidos caducaría y no la podría renovar luego de que lo echaron de Merlow College; volver a Centroamérica, por otra parte, era un suicidio en el estado nervioso en el que se encontraba. Se agarró a ella como a una tabla de salvación, desde que estaba internado en la clínica y el sedante controló su presión arterial y los ataques de pánico. Esa enfermera tenía una energía fuera de serie, una forma de ver la vida y una voluntad que hasta entonces él no había conocido. Y, además, mostraba una simpatía y un interés en su caso que parecían sinceros. Fue una conexión muy extraña, aún se pregunta qué fue lo que ella vio en él: un hombre con los nervios destrozados, sin empleo ni futuro a la vista, acusado injustamente de una infamia.

El último día de convalecencia en la clínica le resumió su caso, aunque ella, como las demás enfermeras, supieran ya retazos del mismo: luego de tres años de ser instructor en Merlow College, con un contrato renovable cada dos años, concursó para obtener una modesta beca de verano que le permitió viajar a Washington a investigar en los Archivos Nacionales sobre un poeta de su país. Se hospedó cuatro días en una habitación de sótano contratada a través de Airbnb, con tan mala pata que en los pisos de arriba vivía una adolescente guatemalteca recientemente adoptada por el matrimonio americano dueño de la casa. La chica estaba completamente perturbada por experiencias siniestras: había crecido en un burdel, donde su madre trabajaba como prostituta, y luego ésta había sido asesinada en un lío de drogas. Erasmo se enteró cuando la chica bajó de forma subrepticia al sótano y le reveló su historia. Sus padres adoptivos tenían una versión falsa de su pasado, aunque intuían algo turbio por el comportamiento trastornado y violento de ella. El caso es que, cuando ya estaba de regreso en Merlow City, Erasmo recibió una llamada de la chica, quien se había fugado de Washington a Chicago con un hermano pandillero y narcotraficante: querían extorsionarlo bajo la amenaza de que, de no entregarles diez mil dólares, lo acusarían de haber abusado sexualmente de ella. Erasmo los denunció ante la policía. Los agentes federales lo convencieron de que les siguiera el juego a los chantajistas y sirviera de carnada para capturar al pandillero y devolver a la chica con sus padres adoptivos. Condujeron a Erasmo a Chicago, le entregaron un sobre con dinero falso, le instalaron una cámara oculta con micrófono en el botón de la camisa y le dieron indicaciones para su encuentro con el pandillero en un centro comercial, donde los agentes esperaban capturarlo con las manos en la masa. Pero las cosas salieron mal. Luego de que Erasmo entregara el dinero, cuando los agentes le iban a caer encima, hubo una refriega: un policía y el pandillero murieron en la refriega. La chica culpó a Erasmo de la muerte de su hermano y lo acusó de haber abusado de ella. La Fiscalía asumió de oficio la acusación, aunque finalmente el caso no prosperó, pues las declaraciones de los padres adoptivos y de los investigadores policiales dejaron en evidencia que todo en la chica, desde su mismo nombre, era fraudulento. Pero a esa altura Erasmo ya había sufrido una crisis nerviosa, permanecía internado en la clínica y Merlow College le había cancelado el contrato.

Eso le contó a Josefin mientras acomodaba su ropa en la mochila y se aprestaba a hacer el *check-out*. Nadie lo esperaría en la sala. La doctora y las enfermeras ya estaban enteradas: no tenía familiar alguno en Merlow City, ni en sus cercanías, ni a lo largo y ancho de Estados Unidos. La única persona que lo visitó durante su estancia en la clínica psiquiátrica fue Caridad, su ahora excolega de Merlow College, una académica colombiana que lo había contratado, pero no pudo oponerse a la decisión de despedirlo tomada por las autoridades cuando fue acusado por la Fiscalía de acoso sexual a una menor, aunque todo fuera una difamación y el juez descartara el caso.

Mientras lo acompañaba por el pasillo hacia el *check-out*, Josefin le preguntó cómo regresaría a su casa, a sabiendas de que no era recomendable que un paciente dado de alta en sus condiciones se fuera solo. Le respondió que se iría caminando, vivía a siete calles de la clínica, que no se preocupara. Ella hubiera querido acompañarlo, o conducirlo en un taxi, pero estaba a media jornada de trabajo.

Lo que a Erasmo le preocupaba en ese momento era comprobar que su seguro médico seguía vigente hasta el último día del mes, porque lo habían despedido del empleo en la tercera semana. Caridad le había dicho que no habría problema, que la cuota del seguro médico la deducían de su salario el primer día del mes, por adelantado, que sólo le tocaría pagar el deducible. Y, para su suerte, así sucedió.

Al despedirse, Josefin le entregó una tarjetita con su número de teléfono: que no dudara en llamarla.

Dos días más tarde se encontraron en el café Whole Bean. Habían quedado a las once de la mañana. Josefin no trabajaba en la clínica ese día, pero tenía una clase a partir de la una; fue lo que le explicó cuando él la llamó la noche anterior.

Él llegó cinco minutos más temprano. Pidió un café y se fue a una de las mesas del rincón. Estaba agitado, nervioso, no sólo por los hechos que había padecido en la última semana, sino también porque temía que Josefin no apareciera, que lo dejara colgado, que su supuesta simpatía fuera sólo una simulación parecida a la de los gringos. Miraba de reojo hacia las demás mesas, compulsivamente, seguro de que la Fiscalía no se había dado por vencida y le había puesto marcaje personal. Ese tipo de tupida barba negra y cachucha de los Chicago Cubs, que ahora ordenaba un café en la barra, era el mismo al que se había encontrado temprano en el supermercado. Ninguna duda.

Pero entonces entró Josefin. Lo deslumbró, porque en la clínica sólo la había visto con el uniforme de enfermera, unos pantalones y una blusa celestes muy holgados que escondían su cuerpo, sin maquillaje y el cabello agarrado en una cola ajena a cualquier coquetería. Ahora vestía una minifalda de mezclilla azul muy ceñida, una camiseta blanca sin mangas, unas zapatillas de cuero marrón claro y la cabellera suelta. Lo deslumbró, pero se hizo el desentendido, nada de piropos o comentario laudatorio. Ya había tenido su lección de que en este país hasta ver a una mujer puede considerarse un delito, y cualquier palabra sobre su belleza puede ser usada en contra de quien la haya pronunciado. Miró de reojo al tipo de la tupida barba negra y cachucha de los Cubs, el informante que lo taloneaba, sentado a un par de mesas de por medio, y confirmó que había seguido con atención la llegada de la enfermera.

Josefin lo saludó con un beso en la mejilla. No pudo evitarlo, pero se sintió incómodo. Ahora también tenía conciencia de que ésa era una costumbre mal vista en este país, cualquier contacto visual o físico constituía un peligro, y lo más prudente era evitarlos. Supuso que el tipo de la barba había tomado nota de ese beso.

Antes de sentarse, ella colgó su bolso en el respaldo de la silla.

Era blanca, ojos de un gris azulado, la cabellera castaña y crespa le caía por abajo de los hombros; la nariz respingada, los labios finos y el mentón cuadrado, fuerte, con un hoyuelo en el medio.

Enseguida le preguntó cómo se encontraba, si los medicamentos estaban controlando los ataques de pánico, si la angustia había menguado. Él dijo que se sentía mejor, aunque un poco aturdido; a veces padecía lapsus de memoria inmediata, olvidaba el sitio donde había dejado las llaves o cosas por el estilo.

Le preguntó si ella quería tomar un café o un té; con gusto él lo iría a ordenar a la barra. Josefin dijo que por el momento estaba bien, gracias, quizá más tarde.

Erasmo le contó que el día anterior había ido a recoger sus pertenencias (sobre todo libros y documentos) a la que había sido su oficina en el *college*, pero la encontró vacía.

Fue a la administración, donde estaban apiladas al final de un pasillo. Entregó las llaves. Y lo despidieron, con esa cortesía tan correcta, como se despide a un apestado. Él mantuvo la mueca de una sonrisa, como si nada hubiese sucedido, aunque tuviera ganas de llorar o de insultarlos. Nada le dijo a Josefin sobre la humillación y la rabia; tampoco le contó que esa misma mañana había sacado sus ahorros del banco, dos mil ochocientos cincuenta y cinco dólares que llevaba pegados a su cintura en un cinturón blanco de seguridad, porque temía que las autoridades reactivaran la causa en su contra y le fueran a congelar la cuenta, aunque se tratara de una cantidad miserable. Y no se lo dijo porque, luego de llamarla para concertar la cita, había sufrido un ataque de pánico: lo asaltó el miedo de que Josefin fuera una informante destacada para hacerlo irse de la lengua, para conocer sus planes; de otra forma le resultaba imposible explicarse el interés y las atenciones. Pero una vez que el ataque pasó, quedó en la agitación y el remordimiento, porque Caridad y Josefin eran las dos únicas personas que se mostraban preocupadas por su situación y más le valía confiar en ellas si quería salir adelante.

Entonces Josefin sacó su billetera del bolso, se puso de pie y dijo que iría por un agua mineral. Erasmo hizo el amago de reaccionar, de decirle qué él la invitaría, pero entendió que su pretendida caballerosidad era una estupidez. Vislumbró que el sujeto de la tupida barba negra la ojeaba de soslayo y luego regresaba la vista hacia el libro que tenía sobre la mesa.

Ella caminaba con pasos firmes, sin contoneo: las piernas largas y torneadas, el trasero erguido, la cabellera caía sobre una espalda que dejaba adivinar a la nadadora consuetudinaria. Erasmo se dijo que esa mujer era por lo menos veinte centímetros más alta que él y unos diez años más joven. Y enseguida pensó algo peor: ella conocía al dedillo su historial clínico, tanto sus padecimientos físicos como su quebranto mental. Sabía demasiado sobre su vida, mientras que él sólo estaba enterado de que era sueca y realizaba cursos de especialización en la Universidad de Winconsin y en la clínica psiquiátrica de Merlow City.

Cuando regresó con el agua mineral, ella le preguntó por sus planes. Erasmo resopló, como quien se apresta a subir una pendiente empinada y demasiado alta. Dijo que iba resolviendo poco a poco. Por suerte el contrato del apartamento vencía el próximo mes de julio y le diría al casero que se cobrara ese último mes con el depósito. El casero protestaría, porque le debió haber avisado unos meses antes, pero como era una situación de emergencia, se vería obligado a aceptar. No podía seguir en ese apartamento sin un ingreso seguro. Y la verdad era que por lo pronto no miraba nada en el horizonte.

No, no tenía idea de dónde viviría después del último día de julio. Se sentía demasiado abrumado, sin claridad para hacer planes. Tenía casi cuarenta días de gracia. Su única certeza era que no se quedaría en Merlow City. Y lo más probable es que tampoco pudiera permanecer en Estados Unidos: su visa de trabajo duraba un año más, pero había sido emitida para trabajar exclusivamente en Merlow College, y ahora que había sido despedido, carecería de validez. La abogada de Caridad le hizo saber que si conseguía otra oferta de trabajo quizá la visa podría ser revalidada. Pero ¿quién le ofrecería un empleo? Debía dar gracias de que no prosperara el juicio en su contra, de que no estaba en una cárcel migratoria esperando a ser deportado a El Salvador.

La siguiente semana, Josefin y Erasmo se reunieron de nuevo en el Whole Bean. Él no sabía si ella aceptaba los encuentros por curiosidad profesional, para darle seguimiento a su caso, o si había otro interés oculto. No le importaba. Él necesitaba compañía, apoyo, alguien con quien conversar, que comprendiera sus miedos y ansiedades. El tipo de la barba negra tupida no volvió a aparecer; hubiera sido una tontería enviar al mismo sabueso que él ya había descubierto. En cualquier caso, podían obtener la información de sus conversaciones a través de la propia Josefin, nada más natural, suponía. Por eso se abstenía de revelarle lo que en verdad pensaba, su abominación hacia la sociedad que lo rodeaba, su profundo resentimiento hacia quienes lo habían triturado y el sistema que representaban, y se limitaba a decir cosas correctas, aceptables, que no la sorprendieran. Su miedo era tal que, sin que él se percatara, sus verdaderos pensamientos y opiniones poco a poco fueron escondiéndose en una parte oscura de su mente.

En ese segundo encuentro, Josefin le preguntó sobre el poeta salvadoreño que él estaba investigando en los archivos nacionales de Washington cuando conoció a la muchachita guatemalteca que luego trató de chantajearlo junto a su hermano pandillero. Erasmo la miró con calma, como si la pregunta le pareciese de lo más normal, pero sintió como si de súbito todo su ser se contrajese y una alarma ululara en su interior. Pasó fugaz por su mente la imagen de la rubia guapa que lo abordó en el metro de Washington, una agente encubierta que le hizo la misma pregunta con la mayor de las inocencias. Dio un sorbo a la taza de café; sintió un sudor pegajoso en las axilas. Le dijo que el poeta se llamaba Roque Dalton, un guerrillero que había sido asesinado por sus propios camaradas que lo acusaron de ser agente de la CIA, una historia larga y compleja, pero que lo disculpara, ahora no tenía el ánimo para contarla porque le traía malos recuerdos. Josefin se ruborizó, agachó la cabeza con vergüenza y dijo que lo lamentaba, no se le había ocurrido que ese tema fuera sensible para él.

Hubo un último encuentro en la cafetería.

Cuando Erasmo entró, Josefin ya estaba en la mesa del rincón. La vio desde el mostrador, mientras esperaba a que le tomaran la orden. Vestía el uniforme celeste oscuro de la clínica; el pantalón y la blusa holgados, la cabellera contenida en un moño. Leía una libreta de notas, desplegada junto a la tetera y la taza; no levantó la vista hasta que él llegó a la mesa.

La cafetería estaba más llena de lo usual en esos días de verano, cuando la mayoría de estudiantes abandonaba el pueblo. En la calle hacía un calor aplastante; el aire acondicionado dentro del local reconfortaba.

Luego de los saludos, ella le preguntó, con el tono rutinario de la enfermera, si los medicamentos estaban funcionando.

Erasmo la quedó mirando como si fuese a echarse a llorar, pero enseguida dijo que las pastillas hacían su trabajo, el problema era que aún no lograba resolver la ecuación de su vida: hacia dónde mudarse, cómo hacer para seguir adelante. Había pasado los últimos días buscando rutas, revisando sus viejas agendas con los datos de amigos en México, Guatemala, El Salvador, pero no lograba dar el siguiente paso: escribirles, pedirles ayuda. Y el tiempo corría. Era como si aún permaneciese en estado de shock: se quedaba con la mente ida, ausente, la vista perdida en el árbol erguido en el patio trasero de la casa de apartamentos, mientras la lista de las personas a las que debía enviar un email yacía intacta sobre el escritorio.

Ella guardaba silencio, observándolo. Se sintió incómodo, intimidado, como si esa mujer lo estuviese diseccionando.

Entonces lo llamaron desde el mostrador: su capuchino estaba listo.

Caminó con nerviosismo, cierta vergüenza; imaginó los ojos de ella en su espalda. Había una voz dentro de él que quería pedirle que lo dejara echarse en sus brazos, rogarle que lo consolara.

Cuando regresó y puso la taza en la mesa, derramó un poco del capuchino, pero ella ya había guardado su libreta en el bolso.

Josefin le preguntó si tenía muchas pertenencias, si tendría que trasladar o vender su mobiliario. Erasmo respondió que sólo tenía ropa y libros; a lo largo de los tres años en Merlow City había rentado un apartamento amueblado.

Igual hacía ella, dijo, pero lo había conseguido vía Airbnb sólo para los tres meses que duraba su curso de especialización. Estaba ubicado en Madison, en las cercanías del hospital de la universidad; venía una o dos veces a la semana a la clínica de Merlow City, como parte de su práctica, en un shuttle.

Fue como si se hubiese roto la burbuja en la que Erasmo había permanecido en sus anteriores encuentros, una burbuja en la que él era el paciente en observación y ella quien hacía las preguntas, él quien se desnudaba y se compadecía de sí mismo en una larga letanía, y ella quien lo calibraba.

El apartamento tiene un pequeño estudio, muy estrecho, pero con un sofá-cama, en el que podrías instalarte provisionalmente, dijo ella.

Quedó mirándola, pasmado.

Tuvo la sensación de que los oídos se le destapaban, como le sucedía cuando el avión comenzaba a descender para el aterrizaje.

Gracias, alcanzó a balbucear.

Si Erasmo ya transcurría sus días en un permanente estado de alteración nerviosa, luego de la propuesta de Josefin padeció momentos de una mayor y agotadora agitación mental. Por un lado, se inflamaba de ilusión, en cuanto que se le había abierto una ruta de escape del pozo en que estaba sumido, un respiro de cuatro semanas para tratar de encontrar hacia dónde mudarse, qué hacer con su vida; esa misma ilusión lo llevaba a fantasear que podría acostarse con Josefin, que ella tenía un interés erótico en él, de otra forma no le hubiera tendido esa mano, aunque de inmediato se recriminaba ser tan estúpido, confundir la caridad con la atracción sexual, y sentía remordimiento por esos pensamientos de los que pronto se apartaba, nada difícil dado que desde su salida de la clínica y a causa de los medicamentos tenía la libido escondida en un rincón de su mente al que prefería no acercarse. Por otro lado, como todo él era miedo, se decía que lo que le estaba sucediendo era sospechoso, había gato encerrado, seguramente se trataba de una celada puesta por la fiscal para reabrir la causa de acoso sexual en su contra, que no debía confiarse, y entonces padecía el ataque de pánico.

3

EL BAR EN HÖGDALEN

Entra al Hank's Heaven un poco antes de las 5.00. Echa un vistazo a las mesas: Koki no ha llegado aún.

Erasmo lo conoció en ese mismo bar. Había visto a los dos sujetos trigueños, con pinta de latinoamericanos, en una mesa del otro lado del pasillo; hablaban español, aunque no lograba distinguir lo que decían ni su acento, porque el volumen del televisor estaba alto y parte de la clientela miraba el partido del Barcelona contra el Manchester. Uno de los sujetos tenía una coleta larga y el rostro redondo, hinchado; el otro, la barba tupida. Cuando caminaba hacia los sanitarios los escuchó y supo que el de la coleta era salvadoreño. Se llamaba Jorge y le decían Koki, dijo; el otro era colombiano, de nombre Jairo. Lo invitaron a sentarse a la mesa para terminar de ver el partido. Koki le contó que tenía ocho años de residir en Suecia, que era de Ilopango, un suburbio de San Salvador, y que se había largado del país cuando las pandillas se tomaron el barrio; Jairo había llegado desde Barranquilla un par de años más tarde.

Se dirige a la barra por una cerveza. El sirio que lo atiende, el más viejo, no habla ni pizca de inglés, pero él sólo tiene que señalar hacia el frigorífico y decir «Mariestads». Antes creía que los encargados del bar eran turcos; Koki lo sacó de su error: no sólo son sirios, sino que musulmanes abstemios dedicados a ganar dinero embriagando infieles.

Se acomoda en una mesa cerca de los ventanales, de cara a la puerta, desde donde resulta imposible ver lo que transmite el televisor. Por suerte éste no es un «sport bar», como los de Merlow City o como los que abundan en el centro de Estocolmo. Es la única pantalla, y está empotrada sobre los ventanales. Observa que dos de las cinco mesas de la terraza están ocupadas por gente que fuma; viejos como él, o quizá menores, nunca sabe, que la piel blanca se cuartea con más rapidez.

Uno de los sirios sale de la cocina y recorre los pasillos recogiendo envases vacíos.

Koki y Jairo trabajan en el mismo hospital que Josefin; son empleados de la compañía encargada de la limpieza. Se lo contó a ella la noche luego de conocerlos. Muchos inmigrantes latinoamericanos y de otras nacionalidades trabajan en la limpieza del hospital, comentó Josefin.

Vierte la mitad de la cerveza en el vaso. Y toma un pequeño sorbo. Bebe despacio, muy despacio. Sólo puede tomar una cerveza al día y una copa de vino con la cena; nada de trago fuerte. Si excede esa cuota, la mezcla con la Piruxetina, junto a los ansiolíticos que la respaldan, puede ser explosiva. Se lo advirtió la doctora y Josefin se lo recuerda, con cierta delicadeza, cada vez que la tentación lo ronda.

Ya reconoce a algunos de los comensales del bar: viejos blancos, solitarios, que despiden un hedor a decadencia. Seguramente más de alguno lo reconoce a él. Ha venido cuando menos una vez a la semana en el último mes; pero sólo ha hablado con Koki y Jairo. Prefiere ir a tomar la cerveza a los bares del centro de la ciudad, para despejarse, desentumecerse, salir del encierro; viajar en el metro, además, lo relaja. Y en el centro la mayoría de bartenders hablan inglés.

Koki había estudiado sociología industrial y trabajaba como auxiliar en el área de personal de una empresa maquiladora en San Salvador. Cuando las maras comenzaron a apretarlo y decidió largarse, buscó a sus tíos suecos que se habían venido asilados a mediados de los ochenta, a causa de la guerra civil. Ellos le tiraron la cuerda para que saliera del pozo. A él y a su esposa. Poco tiempo después de haber llegado a Estocolmo, se divorciaron; ella ahora vive con un sueco. Eso le contó Koki la primera vez que se encontraron.

Se han reunido en el bar una ocasión más luego de aquel día. Jairo llegó un poco tarde; un tipo silencioso, introvertido, que asiente sobándose la barba.

A Erasmo lo rondó la sospecha que ambos fueran informantes de la policía sueca, que los hubiesen destacado para sacarle información sobre los motivos de su presencia en el país. Pero la pastilla lo defiende de ese diablo, que a veces ronda pero que ya no lo ataca como antes, cuando estaba completamente en sus manos y padecía tanto miedo que sospechaba hasta de la propia Josefin.

Koki empuja la puerta. De mediana estatura, fornido, con barriga cervecera, la piel trigueña y la cola de caballo medio canosa que le llega hasta la cintura; podría pasar por un indio yaqui del norte de México o por un guerrero apache. Viste chaqueta de cuero negro y bufanda verde.

Camina hacia la mesa mientras saluda a un par de parroquianos y a los sirios, como si fuese de la casa. Koki habla sueco, al igual que Jairo.

Qué ondas, maestro…, dice mientras se quita la bufanda y la chaqueta. Enseguida se dirige a la barra.

Permanece unos minutos conversando con el sirio más joven, luego de que éste le ha servido el tarro de cerveza.

A Koki le ha contado que fue periodista, luego profesor de español en Estados Unidos y que ahora vive de las traducciones que vende por el internet. Nada más. Koki habla hasta por los codos. Lee diariamente, además, los sitios de la mayoría de publicaciones periódicas de El Salvador; y blogs, páginas de Facebook, tweets de compatriotas que escriben desde el país o en el extranjero. Tiene ocho años de vivir en Suecia, pero su razón de ser sigue enquistada allá.

Y entonces ¿qué hay de nuevo?, dice al sentarse con el tarro de cerveza.

Erasmo se encoge de hombros.

Lo mismo. ¿Y vos?

A Koki le encanta el chisme de la política salvadoreña. Él era igual, pero ahora está desenchufado.

Ese ministro de Defensa es medio loca. ¿Le has visto los trajes de colores chillantes que se pone?

Erasmo niega. No sabe el nombre del ministro ni puede recordar su rostro.

Un traje dorado con corbata rosada, dice Koki con desprecio. Ni Cantinflas.

Seguramente está harto del uniforme militar…

Pero que se asesore. Es un general. Los mareros deben de estar cagándose de la risa de él.

Ése es el tema de Koki: las maras. Por eso se mete al internet a navegar horas en los sitios de la prensa salvadoreña, para estar al tanto de lo que sucede. Su odio es visceral. Los pandilleros no sólo lo extorsionaron y lo amenazaron de muerte, sino que también se quedaron con su casa. Los deberían matar a todos, repite cuando tiene oportunidad.

Erasmo piensa lo mismo, pero no lo dice. Ha entendido que no debe decir lo que piensa, que no debe pensar como antes pensaba, aunque sea inevitable.

Jamás olvidará la voz ni los insultos del marero cuando lo llamó para chantajearlo a su apartamento en Merlow City, ni los gestos de psicópata con los que lo interpeló aquella mañana en el centro comercial de Chicago cuando le entregó el sobre con dinero falso que le habían dado los agentes federales. Por ese marero se le torció la vida o más bien por la hermana.

Nada le cuenta a Koki, ni le contará, de aquellos sucesos. Ha comprobado, primero con resquemor y luego con alivio, que están bien atajados en un rincón de su memoria, que ya no le producen pavor ni ataques de pánico.

Koki es el único salvadoreño que ha conocido en Estocolmo. En el primer encuentro, éste le contó que existe una asociación de connacionales residentes en Suecia, que a veces organizan fiestas y jornadas culturales; si le interesaba, lo podía poner en contacto. Erasmo esquivó el tema con una pregunta sobre el partido de fútbol que entonces miraban.

Koki dice que acaba de leer un reportaje sobre la presencia de las maras en España y en Italia, que si él llegara a encontrarse con uno de esos criminales en las calles de Estocolmo llamaría de inmediato a la policía.

¿Y cómo lo vas a reconocer si se cubre los tatuajes?, pregunta Erasmo.

Koki dice que no tiene la menor duda de que reconocería a un marero aunque viniera disfrazado de esquimal.

Luego se tira una larga perorata sobre los signos que diferencian a las pandillas, las actitudes por las que se les puede descubrir.

Erasmo lo queda viendo como si le pusiera atención, pero su mente se ha replegado. Lo escucha como si fuese una vieja y desagradable canción que ya no lo agita, ante la que no reacciona como antes. La melodía de la voz de Koki planea por sobre el ruido de fondo del bar.

Bebe un trago de cerveza.

Más comensales han entrado al local. El sirio viejo sale de la cocina con un azafate hacia una de las mesas ubicadas al fondo, cerca de las máquinas tragamonedas.

¿Qué tal es la comida aquí?, pregunta Erasmo.

No es mala, responde Koki. Aunque hace mucho que no la pruebo. Sólo vengo por la cerveza.

Desde el primer encuentro, Koki se ha quejado de que Erasmo no beba una segunda cerveza con ellos, que rechace la invitación. Él les ha dicho que tiene serios problemas hepáticos por el abuso del vodka durante muchos años, y que por ningún motivo puede romper su régimen. No les menciona la Piruxetina ni los ansiolíticos. Ni lo hará.

Hace apenas un año, cuando alguien le preguntaba sobre sus correrías, en un bar o en una reunión social, Erasmo hablaba compulsivamente, se dejaba muy poco guardado. Y se desfondaba aún más si quien le preguntaba era una mujer hermosa. Pero luego del incidente que le costó el empleo y le causó la crisis nerviosa que lo llevó a la clínica, habla menos sobre sí mismo o sobre aquello que lo ponga en evidencia. No es que se haya convertido en un hombre prudente, reservado; sino que un rescoldo de miedo permanece empozado en sus entrañas, pese a las pastillas.

Koki dice que Jairo está emperrado detrás de una compañera de trabajo, una iraquí muy guapa.

Se tendrá que convertir en musulmán, comenta Erasmo.

A través de los cristales, ve pasar a las dos chilenas que estaban en la terraza del café esta mañana; de sus manos cuelgan bolsas vistosas, como si viniesen de comprar ropa, zapatos.

No, la chava no es religiosa, dice Koki. El problema es que Jairo es muy lento. Ya salieron dos veces a tomarse unos tragos, pero aún no se la ha llevado al apartamento, ni siquiera la ha besado... Tiene cuarenta años, no jodás. Se porta como si fuera adolescente.

Erasmo le pregunta a qué se dedicaba Jairo en Colombia.

Estudió leyes, pero no se graduó, dice Koki. Que trabajaba como pasante en un despacho de abogados laborales, cuando los paramilitares mataron a uno y amenazaron a los demás.

No pregunta más. Supone que Jairo, al igual que Koki, hubiese tenido que estudiar de nuevo toda la carrera en Suecia para poder ejercerla.

Erasmo siente amagos de desasosiego. Sabe que le hace bien encontrarse de vez en cuando con alguien con quien hablar español, pero nada en común tiene con Koki, fuera del lugar de procedencia y del hecho de que por culpa de las maras ambos estén donde ahora están. Aunque sus experiencias hayan sido muy distintas: Koki escapó del mismo infierno asolado por las pandillas, en tanto que Erasmo fue víctima de un solo incidente con un marero solitario a miles de kilómetros de El Salvador.

La atmósfera decadente del bar se le hace pesada ahora. Josefin no entiende cómo puede visitar ese sitio; ella entró en una ocasión, años atrás, y le pareció muy deprimente.

El sirio joven viene por el pasillo recogiendo envases vacíos de las mesas. Erasmo se apresura a verter el resto de su cerveza en el vaso. Jairo asoma por la puerta de cristal.

4

UN INQUILINO LLEGA A MADISON

Pese a sus temores, Erasmo no tenía otra opción que mudarse al apartamento de Josefin en Madison. Antes iría a conocerlo. A media mañana del sábado, la semana después de que ella le hiciera el ofrecimiento, tomó el Megabus que lo llevaría de Merlow City a aquella ciudad. Había pasado una mala noche, durmiendo a saltos, con el miedo de que iba a meterse en la boca del lobo. Y luego de desayunar, cuando se preparaba para el viaje, lo atenazó un mal presentimiento, la certeza de que no debía ir, aunque fuera su única ruta de escape, un presentimiento muy pesado que estuvo a punto de paralizarlo. Muchísimos años atrás, en San Salvador, luego de su regreso de México al final de la guerra civil, había padecido algo similar, la sensación de que se estaba metiendo en una celada que le costaría la vida: se había citado con una guapa mujer, esposa de un coronel del ejército, a quien había conocido en un bar, pero al final se acobardó y se quedó en casa. Ahora su miedo carecía de sentido, se lo repitió una y otra vez, exudando ansiedad, mientras esperaba la hora de ir a tomar el autobús, recorriendo a trancos su apartamento, y asomando compulsivamente a la ventana que daba a la calle, como si la respuesta a su duda angustiosa le fuese a venir de afuera.

Josefin lo esperaba en la estación del autobús. La vio a través de la ventanilla: de pie en la acera, con un apretado short de mezclilla azul, una camiseta blanca sin mangas, las gafas oscuras de aro dorado, unas sandalias tobilleras –como de patricia romana– y la cabellera suelta. Bajó del autobús sin terminar de dar crédito al hecho de que ese tremendo mujerón estuviera ahí por él, para llevarlo a su apartamento.

Lo saludó con naturalidad, como siempre, sin el menor asomo de coquetería.

Bordearon la biblioteca universitaria y luego doblaron hacia la derecha en la calle State.

Erasmo conocía bastante bien la ciudad. Desde su llegada a Merlow City, tres años atrás, había venido por lo menos una vez al mes en los fines de semana. Madison le gustaba más que Chicago y le quedaba a menos de una hora en el autobús.

Ella dijo que caminarían a través del campus para acortar la ruta.

Eran pasadas las diez de la mañana. El sol era apabullante y el aire húmedo.

Era como desfilar junto a una princesa vikinga, pensó con cierto orgullo, aunque ella le sacara casi una cabeza de altura y él tuviera conciencia de que desentonaba a su lado.

Mientras subían unos escalones, Erasmo encontró el momento para mirar de reojo aquellos muslos firmes, levemente bronceados, con una pelusilla dorada. Comenzó a sudar copiosamente de las axilas.

El apartamento estaba ubicado en la parte posterior de una casa antigua; contaba con salida independiente por un patio arbolado y con un jardín circular en el centro; sus interiores habían sido remodelados y su mobiliario parecía de última generación –nada que ver con el viejo y desgastado apartamento de Erasmo en Merlow City.

La temperatura templada contrastaba con el bochorno de afuera; el aire acondicionado era central –no como el aparato que traqueteaba en la ventana de la habitación de Erasmo–, aunque podía regularse desde el termostato ubicado junto a la puerta de entrada. Josefin le preguntó si no era alérgico al aire, que ella lo mantenía alto porque no estaba acostumbrada a esos calores, a veces hasta se le bajaba la presión arterial.

Yo crecí en el trópico, dijo Erasmo, como si no importase, aunque tiempo atrás se hubiese quejado con vehemencia del aire acondicionado.

El estudio no era tan chico como lo había imaginado. El sofá cama se instalaba con facilidad. Desde el escritorio, a través de la amplia ventana, se contemplaba el patio luminoso a esa hora del día.

Erasmo seguía a Josefin mientras ésta le mostraba el apartamento y los implementos de que disponía. En el sanitario percibió un olor como si ella tuviese la regla. Le pidió que por favor siempre orinara sentado; él asintió, mansito –quizá ella temía que por su estado nervioso no atinara con el chorro dentro de la taza, pensó. Pero nada dijo. Y en dos oportunidades, de reojo, contempló su trasero sin que ella pudiera percatarse. Le produjo ansiedad, nervios.

Erasmo preguntó cuánto le incrementarían la renta por su presencia.

Ella dijo que no se preocupara: había hablado con la dueña de la casa, una doctora, muy buena persona, que trabajaba en el hospital. Era el último mes de estadía de Josefin; él era una visita. No cobraría nada.

Se instalaron en la cocina. Josefin ya le había advertido que ella debía entrar a trabajar a las dos de la tarde, que no prepararía un almuerzo en regla, sino que se comería deprisa un sándwich y una ensalada. Pero que él podía quedarse cuanto quisiera. Ahí estaba la llave sobre la mesa. Le dijo, además, que una vez que se mudara, él tendría el apartamento la mayor parte del tiempo para él mismo, ella apenas llegaba a dormir, y ni siquiera todos los días, pues una noche a la semana pernoctaba en la clínica psiquiátrica de Merlow City y otra en el hospital de la universidad en Madison.

Hizo la mudanza el siguiente viernes, el último de julio, cuando Josefin libraba. Había transcurrido la semana bajo tensión. Era demasiado bueno para creerlo; tenía que haber algo oculto, mano peluda. Y sabía que convivir con esa mujer, aunque fueran sólo treinta días, sin intentar llevársela a la cama podía ser una tortura, algo que podría resistir sólo en el estado de postración nerviosa en el que se encontraba y sin salida a la vista.

Rentó un auto en el Hertz de Merlow City que devolvería en la oficina de Madison. Llevaba dos maletas grandes, una mochila y dos cajas con libros y artefactos. En una de las maletas guardó la ropa de invierno. Mientras empacaba comprendió que nunca se había hecho a la idea de que se quedaría a vivir en ese pueblo, sino que siempre se consideró un ave de paso. Enseguida reflexionó que en verdad nunca se había hecho a la idea de quedarse en ningún sitio. La idea lo inquietó, luego le produjo desazón.

La noche anterior al traslado, llamó a Josefin. Le preguntó cuál era la mejor hora para arribar, temeroso de que la doctora dueña de la casa se enterara de que él llevaba todos esos bártulos. Ella le dijo que podía llegar a cualquier hora, pero que lo más inteligente era hacerlo temprano en la mañana, antes del calor sofocante.

Mientras conducía en la carretera se repetía que la consigna era tener mucho cuidado, mantenerse alerta, podía estarse metiendo en la boca del lobo, mejor pecar de bobo temeroso que ser víctima de una sorpresa peor que las padecidas en las últimas semanas. Pero, por otro lado, sentía unas escalofriantes correntadas de entusiasmo, como si todo estuviese arreglado para que él se cogiera a esa mujer.

Tal como ella le había advertido, pasaba los días a solas en el apartamento. Cuando se levantaba en la mañana, ella se había ido ya, o estaba a punto de irse, o había pernoctado en la clínica psiquiátrica o en el hospital universitario.

Pronto tuvo su rutina: en las mañanas se sentaba a trabajar en su laptop. Antes de mudarse había conseguido que una empresa de traducciones le comenzara a asignar trabajos. Tenía dos manuales de jardinería en los que estuvo entretenido su primera semana en el apartamento de Josefin. También seguía enviando currículums a otras empresas y buscaba sitios que le permitieran conseguir traducciones o clases de español a través del internet. No era fácil; había mucha competencia.

Al final de las tardes, luego de que el sol y el calor habían bajado, se dirigía hacia el centro de la ciudad. A diferencia de Merlow City, que era un pueblo estudiantil, Madison era una verdadera ciudad. Le gustaba pasearse por State Street, meterse a las tiendas, aunque no comprara nada, se distraía; entraba a la Biblioteca Pública a curiosear en los anaqueles de novedades. Y luego se sentaba a tomar un café en los alrededores de la plaza State Capitol.

Lo importante era que se sentía un poco mejor, con mayor control sobre sí mismo; los estados mórbidos y de paranoia, que en el último mes lo habían hundido en un pozo, ahora lo sumían con menos frecuencia. Era gracias a los medicamentos, en especial la Piruxetina, que ya estaban haciendo efecto con toda su potencia, le explicó Josefin una mañana. Él creía que no sólo eran las pastillas, sino haber salido de Merlow City, donde todo le recordaba su catástrofe, y también haberse instalado en el apartamento de una mujer con tan buena vibra.

Esa primera semana esperó con ansias que llegaran el viernes y el sábado, los días libres de ella, para comer juntos y conversar, aunque sabía que una parte de sí lo que anhelaba era seducirla y cogérsela, esa parte de sí que ahora permanecía engrillada y con un trapo en la boca dentro de una mazmorra oscura.

Se fueron contando retazos de sus vidas. Ella no tenía pareja, ni la había tenido en los últimos tres años; había estado casada y su hija entraría a la universidad este año. Él se atrevió a preguntarle su edad, aunque de inmediato se disculpó, pues para los gringos esa pregunta era considerada una ofensa, y quizá también para los suecos. Ella se lo tomó a broma: tenía treinta y nueve años, y sí, era muy joven, comenzaba sus estudios de enfermería, cuando había quedado embarazada del estudiante de medicina con el que luego se casaría.

Erasmo abrió sus cartas con mucho cuidado, temeroso de dar una mala imagen. Le contó que él también tenía una hija de veintiún años, mexicana, pero que la relación era muy distante. La niña nunca pudo superar el trauma del abandono, cuando él regresó a El Salvador al final de la guerra civil y no podía llevarla consigo por el riesgo que hubiera corrido. No le contó que la niña de entonces como la mujer de ahora lo despreciaban, que hasta se había cambiado el apellido por el de un francés con el que su madre se había casado. Erasmo temía que Josefin se preguntara por la clase de sujeto que había dejado entrar a su casa.

Una tarde, mientras tomaban té en la cocina, Josefin le preguntó sobre la Ciudad de México, tenía mucha curiosidad, ganas de visitarla. Erasmo dijo que era una ciudad llena de vida, que él disfrutó mucho los años vividos en ella, en la década de los ochenta, cuando era relativamente segura, tranquila, sólo había que cuidarse de carteristas y ladrones, pero ahora el narcotráfico la había descompuesto, era más peligrosa. Deberían visitarla juntos, propuso, pues él podría guiarla para que no corriera riesgos.

Fue entonces que Josefin le contó que ella había vivido tres meses en Kabul, en un programa sueco, apoyado por la Unión Europea, para brindar un curso de capacitación a enfermeras afganas. Erasmo la miró con sorpresa. Una experiencia muy intensa, dijo ella, la gente vive en unas condiciones tremendas, aterrorizada por la violencia. Y refirió que, mientras estaba de visita, hubo dos atentados de los talibanes en las cercanías del hospital donde ella impartía sus cursos. ¿Cuándo fue eso?, preguntó Erasmo, sin salir de su asombro. Cuatro años atrás, dijo. Lo peor era que la enfermera afgana que se convirtió en su mejor amiga, Fátima, había muerto cuando un coche bomba explotó frente a la clínica en que trabajaba, unos meses después de que Josefin partiera. «Aquello es una barbaridad», dijo, rememorando. Guardó silencio unos segundos. Erasmo quiso que le contara más, cómo era la vida diaria en ese sitio... Pero ella puso su taza en el lavatrastos y dijo que sería en otra ocasión. Ahora debía salir volando hacia el hospital, iba con el tiempo justo.

No había tomado una gota de alcohol desde que fue ingresado a la clínica psiquiátrica en medio de su colapso nervioso, cuando se enteró de que la fiscalía lo acusaba de abuso sexual a la niña guatemalteca y, por ende, su contrato con el Merlow College había sido cancelado. Eso había sucedido el 18 de junio, siete semanas atrás. No podía visitar al médico que lo trató, porque su seguro había sido cancelado, y el pago privado le saldría un ojo de la cara; ya se había horrorizado con las facturas cuando tuvo que pagar el deducible al salir de la clínica. Por eso le preguntó a Josefin qué sucedería si él se tomaba una copita de vino de vez en cuando. El vademécum de la Piruxetina decía claramente que no debía mezclarse con alcohol, pero él no se resignaba a pasar el resto de su vida en la abstinencia. Josefin le aseguró que una copa de vez cuando con la cena no le haría daño.

En la cena del sábado, pues, hubo una media botella de Valpolicella, que la misma Josefin compró luego de que Erasmo dijera que él se encargaría de la comida. Preparó filetes de atún –ella comía carne muy de vez en cuando, pero sí pescado y mariscos– con salsa de chile chipotle, un puré de camote y una ensalada de rúcula con mango. Aunque dijera que era lo mínimo que podía hacer para agradecerle su hospitalidad, quería impresionarla.

Y luego de los primeros sorbos de vino, Erasmo sintió que se acercaba a un sitio familiar, grato, donde podía por fin relajarse y hablar a sus anchas, aunque no completamente, pues le pesaba como un cepo el hecho de que sólo tomaría una copa, cada sorbo era para ser paladeado con plenitud, que si se le pasaba la mano la cagaría ante Josefin. Temía, sobre todo, que se le pelaran los cables.

A media velada, se vio de pronto hablando sobre el poeta revolucionario salvadoreño Roque Dalton y el intento de la CIA por convertirlo en agente doble de inteligencia en 1964, la investigación que había ido a realizar a Washington DC dos meses atrás, su tema favorito de sobremesa cuando se entusiasmaba con las copas, pero algo notó en la expresión de Josefin, como si esa historia ya se la hubiera contado, o peor, como si ella temiese que ese tópico lo conduciría al recuerdo de su colapso.

Juntos levantaron la mesa. Erasmo dijo que él lavaría los trastos y limpiaría la cocina, que ella se desentendiera. Pero Josefin permaneció a su lado, secando las piezas que él lavaba y colocándolas en estantes y gavetas. Él creyó sentir que una energía nueva corría entre ellos, plácida, confortable.

Fue esa misma noche cuando ella tocó a la puerta del estudio y preguntó si podía pasar. Él yacía en el sofá cama y acababa de apagar las luces. Venía desnuda, sorprendentemente desnuda.

5

EL DECAIMIENTO DE JOSEFIN

Ha regresado del Hank's, de su sola cerveza del día, de la perorata de Koki. Permanece echado en el sofá de cuero negro como un viejo perro a la espera de su ama, es lo que a veces piensa, que es una especie de mascota, porque pasa la mayor parte del día dentro del apartamento, traduciendo cuando le asignan un documento, o si no, en la pura modorra mientras aguarda el regreso de Josefin. Con lo que gana por las traducciones jamás podría vivir en ese apartamento, en ese país. Por momentos lo ataca la desazón: nunca había sido un mantenido, y nada ve en el horizonte que pueda cambiar su condición. Nada lo apasiona, ni los libros de historia que antes tanto lo entusiasmaban: luego de leer pocas páginas los deja apilados sobre la mesa de noche y en el escritorio del estudio –en verdad la habitación de Agnes, la hija de Josefin, que él utiliza como estudio. Libros en inglés que saca de la biblioteca pública y que sólo vuelve a recordar cuando le llega por email el aviso de que se aproxima la fecha de devolución. Como el que ahora destaca en la pila sobre el escritorio, *The Ottoman Endgame* de Sean McMeekin, un libro que le recomendó Peter, el amigo de

Josefin, mientras cenaban en la zona de Mariatorget, cuyo título él anotó con entusiasmo en su teléfono y unos días más tarde le sirvió de excusa para ir a sacarlo a la biblioteca pública central en Odenplan. Luego de tres semanas no ha leído más que la solapa y unas pocas páginas.

Josefin le ha enviado un mensaje de texto para avisar que llegará media hora tarde, un atraso en el hospital. Sucede a menudo. La de aventuras que ella podría tener sin que él se enterara. En más de una ocasión le ha preguntado sobre su vida sexual en el hospital antes de que ellos iniciaran su relación, dónde y con quiénes habitualmente cogía, si hubo pacientes con los que se calentara especialmente o sobre quienes se hubiese encaramado o al menos les hubiera hecho una paja. Cortante, Josefin evita hablar de ese tema: dice que no es profesional ni ético. Él ha buscado en el internet «aventuras sexuales en hospitales». Las historias en la red son escuálidas, incapaces de excitar su fantasía; y los videos que recordaba de sitios porno eran aún peores, impostados y predecibles.

Erasmo considera que está lejos de los celos; ha llegado a creer que en Merlow City le apagaron el interruptor de las pasiones y que el sexo que aún disfrutan es una fuerza de otro orden, se sacia en el gozo y no en la posesión enfermiza.

Suena su teléfono celular sobre la mesa del comedor.

Sale a trompicones del sofá.

Es Josefin: está varada en la estación Skanstull, hubo alarma terrorista, recién han reiniciado el servicio y los trenes vienen a reventar; lo llamará cuando esté a un par de estaciones de casa. Escucha el ruido atronador de las masas en los andenes. Le dice que tranquila, si ya pusieron a correr los trenes es porque ha pasado el peligro. Josefin no tiene auto, dice que en una ciudad como Estocolmo es innecesario, sólo contribuye a la polución del aire; el metro la deja a seis cuadras del hospital. A veces él la espera en las cercanías de esa estación, en un bar irlandés en la calle de Götgatan, donde disfruta largamente una Guinness.

Entra a la cocina: el guisado de calabacitas con granos de maíz se cocina a fuego lento en salsa blanca; las pechugas están marinándose en jugo de naranja cubiertas por rodajas de cebolla morada. Todo en orden.

Vuelve al sofá, a la modorra de la espera. Antes, en su otra vida, estaría tomándose un vodka para abrir el apetito, hasta dos; ahora tiene que alargar su copa de vino a lo largo de la cena, a sabiendas de que no habrá segunda. La noticia de la alarma terrorista estará en los noticieros, pero deberá esperar a que Josefin se la cuente.

En las últimas semanas, él ha tenido la impresión de que los temas de conversación con Josefin se agotan. Ella siempre comenta chismes del hospital, anécdotas de sus colegas, la comidilla política noticiosa de lo que sucede en Suecia y de la que él no puede enterarse por su ignorancia del idioma. Pero con más frecuencia, mientras cenan o cuando se han metido a la cama, los silencios crecen. Y sólo con el sexo le regresa la sensación de que la relación sigue como antes.

Sus relaciones de parejas siempre han estado marcadas por su educación familiar: descendiente de dos mujeres enloquecidas, su madre y su abuela, ambas intolerantes, dictatoriales, maledicentes y gozosas en la humillación de sus maridos, en especial su abuela, con el insulto siempre en la punta de la lengua para denigrar a su abuelo, que nada pintaba en la casa, pese a su poder político de afuera, porque la casa y las propiedades eran de ella, y siempre lo miró de menos. La madre y la hija única que se detestaron entre sí, la victimaria y la víctima que a su vez reproduce la conducta de aquélla, y él, en el medio, un niño alimentado por las emociones malsanas de ellas y para quien el hedor del poder contra el que tenía que rebelarse era absolutamente femenino. ¿De quién pudo haber aprendido la delicada fragancia de la sensibilidad de mujer, si tampoco tuvo hermanas y estudió en un colegio católico sólo para varones? Ahora que lo entiende, recuerda con menos vergüenza su adolescencia misógina, lo difícil que se le hizo poder establecer relaciones con las chicas, lo tarde y costoso que fue pasar de la masturbación al sexo en pareja.

Josefin ha salido del baño. Siempre toma una larga ducha cuando regresa del hospital, para despercudirse, sin importar el turno que le haya tocado; luego se enfunda en su albornoz azul turquesa, entra a la cocina, ensalza lo que él ha cocinado y enseguida se arrellana en el sofá, a relajarse antes de la cena. Pero ahora ella ha salido del baño con el semblante preocupado. Él intuye que algo ha sucedido o que le reclamará de nuevo que él sea tan parco cuando hablan de la relación, en verdad que evite abordar la relación, hacia dónde van, cómo se sienten. Para ella es muy importante tener claras y racionalizadas las emociones y el futuro; hablar, discutir, sobre la convivencia en pareja. Ese fue el punto de discordia la noche anterior, cuando ya estaban bajo las sábanas, y lo ha sido desde que comenzaron a vivir juntos en Wisconsin, o desde que él se trasladó al apartamento de ella: su silencio e indisposición a conversar sobre la relación y los esfuerzos infructuosos de Josefin por hacerlo.

Se ha sentado en el sofá sin echarle un ojo a lo que él ha preparado para la cena. Dice que se quedó en el hospital conversando con Ulf, el médico de turno; que últimamente se ha sentido muy cansada, una fatiga que va más allá del estrés normal del trabajo, y que este mediodía tuvo mareos; tampoco le gusta el color oscuro de su orina. Ulf le recetó exámenes clínicos: a la mañana siguiente llevará una muestra de orina y le sacarán sangre en ayunas.

Qué podrá ser, dice él mientras se repantiga a su lado en el sillón.

Que no está embarazada, que no se asuste, responde ella con un guiño, como si le hubiese leído el pensamiento, porque eso fue lo primero que se le vino a la mente, lo que le ensombreció el rostro, la amenaza de que a sus cincuenta y un años hubiese embarazado a una mujer, como si nada hubiese aprendido en la vida.

No estaba pensando en eso, dice él, mirándola a los ojos, con cierto aire de superioridad.

Desde aquella lejana ocasión en que el embarazo no deseado de su primera mujer terminó en aborto, aprendió a contenerse, a sacarla a tiempo, a jamás venirse dentro de la vulva de la mujer con la que fornica. De eso se enorgullece. No es posible que Josefin esté embarazada, a menos que sea de otro.

Ella dice que es mejor esperar a leer el resultado de los exámenes. Y se recuesta sobre su hombro, con su cabello aún húmedo, oloroso a champú. El albornoz se le abre y deja ver parte de su muslo, la blancura de la piel contrasta con el azul turquesa de la prenda. Ella debe intuir lo que la afecta, es su profesión, tratar con la enfermedad de los otros, pero no se lo dirá hasta que esté segura. Él siente temor, aunque muy dentro de sí prefiere este temor a los reproches de ella por su negativa a hablar sobre la relación, a revelar sus sentimientos.

Las quejas de Josefin sobre sus silencios no le son nuevas. Siempre ha tenido dificultades para expresar su emoción amorosa, un tópico de fricción permanente en sus relaciones de parejas. A veces piensa que nunca ha estado realmente enamorado, que desconoce la ceguera emocional llamada amor, que nunca ha pasado de la pasión sexual que llama enculamiento. En su adolescencia, cuando estudiaba con los hermanos maristas, el psicólogo del colegio le dijo, luego de hacerle una prueba, que él era incapaz de amar. ¿Qué tipo de prueba era ésa, por qué se la hizo? Su recuerdo es nebuloso. Está seguro, eso sí, de que hizo de esa supuesta incapacidad una virtud, que el amor le parecía cosa de hombres débiles.

Josefin se incorpora en el sofá y se ata con mayor firmeza el albornoz.

Cenemos, propone.

6

VACACIONES EN EL LAGO ERIE

A partir de esa noche en que Josefin entró desnuda al estudio en que hospedaba a Erasmo, en el apartamento de Madison, vivieron una especie de luna de miel, de frenesí sexual y engolosinamiento. Él no había perdido la libido, como temía, sino que la pobre salió con alegría y entusiasmo del rincón de su mente en que había estado escondida, aterrorizada. Y la Piruxetina, otra sorpresa, tenía efectos estimulantes para la larga erección, algo propicio para retozar con un mujerón que se entusiasmaba con todas las ocurrencias sexuales. Pronto pudo recuperar parte de su amor propio. Le parecía que Josefin era un regalo del destino, una compensación por las humillaciones a las que había sido sometido.

La esperaba ansioso en el apartamento, y en cuanto ella entraba, comenzaban la faena. Eran azuzados por el caluroso verano, los largos días soleados. Sabían, además, que tenían los días contados, porque en cinco semanas ella estaría regresando a Suecia y para entonces él tendría que haber encontrado ya una ruta de escape, un camino para sacar adelante su vida.

En la languidez de los cuerpos sudorosos, cuando el ritmo de sus respiraciones volvía al sosiego, empezaron a contarse sus vidas sexuales, poco a poco, ambos con la curiosidad de saber la experiencia que el otro traía a cuestas, desovillándose, cuidadosos al principio, pero luego desenvueltos, en especial Josefin, acostumbrada a una libertad que Erasmo desconocía. Ella le contó de su intensa vida sexual cuando era estudiante, desde la secundaria hasta la universidad, las decenas de chicos con los que se acostó, los tríos, el desenfreno. A Erasmo lo calentaban mucho esas historias, y comenzó a pedirle que se las contara al comienzo del juego amoroso, cuando la fantasía cabalga muy por delante de los cuerpos; algunas de esas anécdotas las escuchó más de una vez, morboso, pedía detalles, como de la ocasión en que, en un campamento de verano, en medio de la juerga, Josefin se había metido a la tienda de campaña de seis estudiantes, a quienes, en cuatro patas, se las chupó uno a uno, mientras ellos, faltos de pericia por la embriaguez y la inexperiencia ansiosa de la adolescencia, trataban de penetrarla por atrás, disputándose el turno; o de la experiencia que ella tuvo con un gigante, medio sicópata, quien sólo gustaba de darle por el culo y a quien ella visitó en varias ocasiones para sentarse lentamente en aquel miembro enorme que le hacía llorar de dolor y de placer.

Fue en esos primeros días de jadeos y confesiones, cuando Josefin le contó que mientras cursaba sus estudios de enfermería se había casado con un estudiante de medicina danés. Enseguida vino el inesperado embarazo, lo difícil que fue tomar la decisión, el nacimiento de Agnes –una chica que ya tenía dieciocho años y estudiaba en Copenhague–, los siete años de matrimonio y el divorcio por agotamiento, sin sobresaltos ni escenas.

Erasmo fue muy cuidadoso, tenía pánico de irse de la boca. Si bien se entregaba con ardor durante el acto amoroso, en los momentos en que estaba a solas aún lo atacaban ramalazos de paranoia, un temor oscuro de que Josefin fuese una informante ante la que debía mantener oculto lo esencial de su ser. Le contó de sus dos largas relaciones: con Eva en la Ciudad de México y con Petra en Frankfurt. Mencionó algunas aventuras, pero no las más escabrosas, con las mujeres de amigos o con sus jefas o subordinadas en los periódicos o instituciones en que había trabajado en México y Centroamérica. Aunque de mente muy abierta, Josefin había sido educada en los principios de la corrección política, y Erasmo consideraba eso como caminar en terreno minado. Ella, por lo demás, no insistía en preguntar, a sabiendas de que él estaba aún saliendo de su postración psíquica.

Lo que Erasmo sí le contó, una tarde en que tomaban café en una terraza en los alrededores del Wisconsin State Capitol, fue que él había sido objeto de abuso sexual cuando tenía doce años. Unos meses atrás habían asesinado a su padre, y estaba esa amiga de su madre, Marta, quién tendría unos treinta y dos o treinta y cinco años, quizá la misma edad de su madre, pero que a él le parecía terriblemente vieja. Una tarde acompañó a su madre a una fiesta, no recuerda ni qué se celebraba, ni dónde, ni cómo terminó en el auto de Marta para que lo condujera de regreso a casa, ni la excusa por la que se detuvieron en el apartamento de ella, en la colonia Libertad, detrás del campus universitario, en San Salvador. Todo sucedió en la penumbra, lo tiene muy presente, Marta no abrió las cortinas, sino que le ofreció cerveza, comenzó a persuadirlo en el sofá, y luego lo condujo a la habitación. Él era virgen, aunque se masturbaba con frecuencia y ya tenía una idea del procedimiento, gracias a las conversaciones con sus amigos de la colonia y a unas pocas revistas que habían llegado a sus manos. Pero Marta no le gustaba, le parecía fea, y hasta le causó repulsión cuando comenzó a manosearlo. No hubo manera de que lograra una erección, un hecho fatal para su sentido de la hombría a esa edad, cuando estaba entrando a la adolescencia. En su última imagen yacían desnudos en la cama y ella frotaba su coño con ansiedad en el muslo de él.

¿Y logró venirse?, le preguntó Josefin.

No sabía, toda la situación estaba borrosa en su memoria y su humillación había sido tanta que apenas le puso atención a Marta.

Mucho tiempo después, cuando ya era un adulto, se preguntó si no había sido su madre quien le pidió a Marta, la amiga soltera, que se lo llevara a la cama para desvirgarlo; muerto su padre, aquélla quiso asumir el rol del macho que inicia al hijo. Pero él seguiría virgen unos años más.

Esa misma tarde, cuando ya habían dejado el café frente al Wisconsin State Capitol y daban un paseo por la vereda que circundaba el lago Mendota, en la zona frente a University Bay, Josefin le contó su plan de tomar una semana de vacaciones antes de regresar a Estocolmo. Sus tíos tenían una casa de veraneo en el lago de Erie. Era grande y muy cómoda, frente a la playa. Años atrás ella había pasado parte de un verano ahí con ellos. Su tía era sueca, prima hermana de su madre; él, un judío americano, había sido dueño de una compañía de telemarketing, pero la había vendido por una fortuna y ahora ambos estaban retirados en Jamestown, Pennsylvania, la ciudad natal de su tío.

La tarde parecía negarse a caer, como si el sol hubiese detenido su paso abochornado por su propio calor. Pero la brisa que soplaba desde el lago y la sombra de los árboles a lo largo de la vereda, refrescaban el paseo.

Josefin tenía todo arreglado para viajar la última semana de agosto: conduciría un carro rentado desde Madison hasta Erie, nueve horas de viaje; permanecería cinco días allá, muy relajada, la casa para ella solita –porque sus tíos estarían en un crucero en el Mediterráneo–, luego regresaría a Madison para cerrar sus asuntos y una semana después partiría hacia Estocolmo.

Erasmo la escuchaba con la mirada perdida en los veleros que surcaban las aguas, con un creciente espanto ante la idea de que su regreso a la vida real, donde no estarían esta mujer ni la comodidad de la que entonces gozaba, se le estaba viniendo encima.

¿Por qué no me acompañas?, le propuso Josefin, deteniendo la marcha. Y sonrió, radiante.

Erasmo volteó, destanteado. Luego negó con un movimiento de cabeza, mientras movía los dedos índice y pulgar como si estuviese contando billetes: no podía hacer ese gasto, tenía que administrar con extremo cuidado el dinero que le quedaba.

Josefin le dijo que en verdad no gastaría nada. La casa era gratis, ella ya había reservado el auto, y el gasto de comida sería el mismo allá que acá.

¡Vamos!, exclamó Josefin con un abierto entusiasmo que él no le conocía. Me puedes ayudar a conducir y llegaremos más pronto…

Muy temprano tomaron un Uber que los condujo del apartamento hacia la agencia Hertz ubicada frente al centro comercial Market Square. Un rubio corpulento, con la corbata mal anudada y lagañas en los ojos, fotocopió las licencias de conducir, le pidió a Josefin su tarjeta de crédito y le indicó donde firmar los documentos. Cuando los conducía al estacionamiento, agitando las llaves en la mano, no pudo contenerse y vio de reojo las tentadoras piernas de Josefin bajo el apretado short de mezclilla; confirmó que todo estuviese en orden en el coche, les deseó buen viaje. Era un Honda compacto, de dos puertas, color gris. Josefin tomó el volante. El reloj del auto marcaba las 7.25 cuando entraron a la autopista 90: bajaron en dirección hacia Rockford, bordearon Chicago y enfilaron hacia el este. No tenían que detenerse en las casetas de peaje, porque el coche tenía la calcomanía de pase automático. Un poco después del mediodía, antes de llegar a Cleveland, se detuvieron en un «área de descanso», a un costado de la autopista: entraron a los servicios y luego se acomodaron en una de las mesas al aire libre. Habían preparado sándwiches y una ensalada. A Erasmo se le había acentuado la sensación de irrealidad que a veces lo acometía, como si lo que estaba viviendo perteneciera al ámbito del sueño o la ilusión; Josefin estaba alegre, expansiva.

Al salir del «área de descanso», Erasmo iba al volante. Siempre le había gustado conducir en carretera, pero ahora se exigía más concentración, a sabiendas de que sus nervios no eran los mismos de antes. Fanfarroneó sobre las veces que cruzó el desierto de Coahuila con el acelerador a tope, en aquellas rectas interminables. Por momentos

Josefin dormitaba despatarrada en el asiento. Él le preguntó si alguna vez se la había chupado a alguien que fuera al volante en la carretera; ella respondió que claro, eso era parte de la juventud, y le metió la mano entre las piernas, sonriente. Luego buscó en su bolso la copia del mapa de Google que habían impreso para evitar el gasto de data en sus teléfonos. Bordearían Cleveland, una ciudad que ella conoció en su visita anterior y no le apetecía.

Unos kilómetros antes del pueblo de Erie, doblaron a su izquierda por un camino de terracería que pronto los condujo a una zona boscosa, salpicada de grandes y pocas mansiones frente al lago. El reloj del auto marcaba las 5.12 cuando se detuvieron. Los tíos de Josefin le habían enviado las llaves por mensajería. Antes de meter los bártulos a la casa, permanecieron contemplando esa inmensa masa de agua que se perdía destellando en el horizonte como un mar adormecido. La casa –de dos pisos– era espaciosa, con muebles de lujo, la cocina muy equipada y el baño principal tenía jacuzzi. Los amplios ventanales, los balcones de las habitaciones y la terraza daban de cara a las aguas.

La luminosidad en la sala era espectacular a esa hora de la tarde. Erasmo detuvo a Josefin: le sacó el short y la camiseta, y le pidió que se apoyara de bruces en el respaldo de un sillón sobre el que caían perpendiculares los rayos del sol: la refulgente pelusilla dorada en las nalgas y la rabadilla de esa mujer le despertaba un ansia, un cosquilleo, una glotonería…

Apacibles transcurrieron los días. Leían tirados al sol, paseaban por la playa hasta la zona del Club en dirección a

Erie y regresaban por veredas que cruzaban el bosque; Josefin nadaba lago adentro, mientras Erasmo la contemplaba desde la orilla, amilanado por esas aguas tan frías, pese al calor del verano; cocinaban entre retozos, a veces Josefin con el delantal como sola prenda; y se sacaban la calentura en distintos sitios de la casa, y hasta en el patio al caer la noche.

Erasmo no había padecido episodios de pánico, aunque en más de una ocasión tuvo sospechas de toda la situación: los tíos ricos; ellos a solas y aislados en semejante casa. Muy raro, como si estuviesen preparando una encerrona contra él. Y si algo le sucedía a Josefin ¿quién sería el culpable? Pero la Piruxetina y los ansiolíticos no permitían que su mente derrapara más allá.

Erasmo manoteó para ahuyentar a un par de moscas.

Estaban en la mesa del quiosco, ubicado en el patio, hacia el lado de la cocina. Desde ahí podían contemplar el lago, el destello naranja sobre las aguas que retrocedía a medida que entraba la penumbra.

Habían preparado una cena especial de despedida –a la mañana siguiente regresarían a Madison–, con dos lubinas al horno rellenas de verduras, arroz, ensalada de berro y una media botella de vino blanco. En la tarde habían ido de compras al pueblo de Erie.

La mesa estaba arreglada con mantel, una vela y flores.

Josefin se puso de pie: dijo que iría por dos velas más para ahuyentar a los bichos. A Erasmo le encantaba cómo lucía en ese corto vestido verde esmeralda; le volvía el cosquilleo, las ganas, la ansiedad porque en menos de dos semanas ella regresaría a Escandinavia y él a Centroamérica.

Precisamente de eso habían estado hablando durante la cena, de los próximos pasos que él daría, de sus opciones: había recibido respuestas de algunos viejos amigos de México, Guatemala y El Salvador. No había nada concreto en cuanto a oferta de empleo, pero le ofrecían alojamiento unos días mientras reordenaba su vida. Al regresar a Madison tomaría la decisión definitiva: si compraba un boleto hacia Guatemala o hacia El Salvador; no tenía visa para entrar a México. Por lo pronto tenía las traducciones, le daban un ingreso, muy bajo aún, pero podía hacerlas en cualquier sitio en que estuviese.

Josefin regresó con las velas.

No traje el helado aún porque se derretirá, dijo mientras las encendía con la llama de la que alumbraba la mesa.

Ella comía muy deprisa: su plato estaba limpio. Él había notado esa forma de comer velozmente desde que se mudó a su apartamento. Sí, ella sabía que no era bueno para la salud, pero no podía evitarlo, desde chica era así.

¿Y en verdad no tienes ninguna posibilidad de quedarte acá?, preguntó Josefin antes de beber de su copa de vino.

Erasmo negó con la cabeza. Pero se puso en guardia: no se iría de la lengua, pese a la copa de vino, no mencionaría la peste que le parecía este país, sus ganas de largarse. Luego de tragar el bocado dijo que el hecho de haber sido despedido de una institución de educación superior por una acusación de acoso sexual –aunque la acusación haya sido desechada por los tribunales por su falsedad, aunque no haya habido juicio–, le cerraba las puertas a cualquier tipo de empleo profesoral en Estados Unidos. No tenía, además, un doctorado, sino una maestría. La plaza de instructor visitante en Merlow College había sido un golpe de suerte; pero esa suerte lo había abandonado.

Quedarme ilegal para trabajar como taxista no es una opción, dijo con un rictus sardónico, mientras terminaba los restos de la lubina.

Quedaba un poco de vino en la media botella.

Erasmo lo vertió en la copa de Josefin.

Yo ya tuve mi dosis, dijo con una sonrisa de resignación, aunque por dentro sintió como tarascadas de perro sediento.

Pronto, ante el acecho de las moscas, llevaron los trastos sucios a la cocina.

A la mañana siguiente, luego de hacer las maletas, Josefin dijo que se daría el último chapuzón. Caminaron hacia la playa. Contemplaban la inmensidad de las aguas que se perdía en el horizonte y en cuyo fondo se adivinaban las montañas de Canadá, cuando ella dijo: Por qué no te vienes conmigo a Estocolmo.

Erasmo volteó, sorprendido.

A probar, dijo Josefin antes adentrarse en las aguas frías.

7

MERMELADA DE NARANJA AGRIA

Temprano en la mañana, cuando Josefin sale de la habitación lista para partir hacia el hospital a someterse a los análisis, él está de pie en la cocina, sorbe su taza de café con la mirada perdida tras el ventanal, desde donde divisa una gigantesca chimenea de cemento, erguida sobre una colina a no más de un kilómetro de distancia de la zona de apartamentos, que arroja humo día y noche, como una usina atómica.

Ella no desayunará ahora; luego de pasar por los laboratorios clínicos bajará a la cafetería del hospital. Lo besa en la mejilla; él le insiste en que lo llame en cuanto tenga el resultado de los exámenes. Ella le dice que no se preocupe, le recuerda que a la noche han quedado de cenar con Anke y Lars en un restaurante en Nytorget, que luego le enviará los datos precisos; recoge su bolso de la silla del comedor y se dirige hacia la puerta.

Erasmo ha dormido muy poco y a sobresaltos. La noche anterior, durante la cena y la sobremesa, Josefin estuvo como ausente. Se lo dijo, pero ella respondió que era sólo el cansancio del que le había hablado. De nuevo piensa que ella teme padecer una enfermedad grave, supone de lo que se trata y sólo espera que los exámenes se lo confirmen. Él no quiere ni imaginarlo.

Se dirige a la habitación con la taza de café en la mano. Abre las persianas. A través de la ventana observa a una de las vecinas del edificio de enfrente, quien sale en bata a regar las pequeñas plantas del balcón. Es robusta y entrada en años; nunca se la ha cruzado en la calle. A la que sí se encuentra a menudo es a la vecina del piso de arriba: una mujer menuda, guapa, de poderoso mentón y mirada severa, casada con un tipo que por el color de su piel podría ser paquistaní o indio; sale diariamente a pasear a un niño trigueño de unos dos años. A Erasmo le gusta esa mujer, le despierta ansias, pero nunca se ha atrevido más que a mirarla de reojo. El termómetro ambiental adosado a la parte externa del cristal señala que la temperatura es de 11 grados; el pronóstico ha dicho que subirá hasta 20 grados, por primera vez en lo que va del año.

También podría suceder que Josefin estuviese cansada de la relación, de la desidia que lo aplatana, de su falta de perspectivas, de su acomodamiento como cuasi mantenido. En la sobremesa de la noche anterior, se sintió estúpido mientras hablaba sobre su encuentro con Koki, de la mala vibra que le tiran esos musulmanes que merodean en el café junto a la estación del metro. Ella estaba en otra parte.

Lleva la taza al fregadero.

Entra al estudio, enciende su laptop e ingresa a su cuenta bancaria. Lo hace con rapidez, ansioso, como quien abre la puerta de su casa cuando una pandilla de asaltantes merodea en los alrededores. No le han depositado aún el pago de la última traducción. Sale de la cuenta, del Safari y del wifi como si lo estuviesen persiguiendo. Luego vuelve a conectarse y entra a su cuenta de correo para saber si le han asignado una nueva traducción. Nada. Le dijeron que hoy o mañana. Gana por palabra, pero por palabra en inglés; si fuese por palabra en español tendría más ingresos. Le envían catálogos y manuales de diversos tipos, algunos con términos técnicos que debe consultar puntillosamente en los diccionarios. Con lo que tiene en la cuenta bancaria le alcanzaría para comprar un boleto hacia Centroamérica. ¿Por qué piensa en ello? Josefin corre con la mayoría de los gastos. Él paga su cuenta telefónica, sus compras en el súper, su tarjeta para el transporte público, su cerveza diaria, el vino y otros gastos menores.

Apaga la laptop. Permanece sentado frente al escritorio. Observa la repisa contigua: sobresale la carpeta amarilla donde yacen las fotocopias de los cables desclasificados sobre el caso del poeta Roque Dalton que obtuvo durante sus visitas a los Archivos Nacionales en Washington. No ha abierto esa carpeta desde que llegó a Estocolmo. Lo ha acompañado de Washington a Merlow City, a Madison y ahora que la observa recuerda que también la llevó al lago Erie, donde ella le propuso que se viniera a esta jaula para especies morigeradas.

Retira la vista de la carpeta. No la ha abierto ni la abrirá jamás. Ahora sabe que la ha traído consigo como una coartada, para hacerle creer a Josefin y a sí mismo que tiene un proyecto, una fuerza interior que lo vincula a la historia de su país, pero no tiene nada, sólo recordar el tema lo enferma, aunque a veces le haga creer a ella que avanza poco a poco en la escritura del texto. Se incorpora con agitación; echa un vistazo a través de la ventana del estudio.

Si ella estuviese cansada de él se lo diría directamente, nunca se anda por las ramas. Pero ¿y si le tiene lástima, y su conciencia de mujer políticamente correcta le impide echarlo a la calle, decirle que ya la tiene harta, que está aburridísima de él?

La espera de la llamada telefónica se le hará eterna. Está agitado, como si no se hubiese tomado la Piruxetina, pero tiene la certidumbre de haberla tomado, es lo primero que hace en la mañana. Enfila hacia el mueble del comedor, a revisar el pastillero de plástico donde tiene las siete dosis de la semana separadas día por día. Josefin le regaló ese pastillero; desde entonces su vida mejoró, ya no lo agobia la angustia de haber olvidado ingerir una dosis. Como ahora, cuando comprueba que sí la ha tomado. Pero quizá la Piruxetina ya no le está haciendo el mismo efecto, porque siente que se queda pegado a una idea, como mosca enredada en tela de araña, sus asociaciones mentales no avanzan, la idea de que Josefin se ha cansado de él ocupa toda su mente y le produce pánico, no sabe lo que hará, carece de opciones, ningún plan de salida, porque ha permanecido aletargado, como si éste fuese el último tramo de su vida.

Entra a la cocina a servirse otra taza de café, a prepararse un par de tostadas con queso crema y mermelada de naranja agria. El termómetro marca 12 grados.

8

LA IRRUPCIÓN DE LA ENFERMEDAD

Está sentado en la terraza del café, con el capuchino y el croissant recién servidos sobre la mesa. La temperatura ha subido rápidamente y el sol calienta con fuerza. Ha permanecido con la mirada perdida en la bandada de palomas que picotea en la explanada. La gente entra y sale del metro. El ataque de pánico fue breve, sin la intensidad de los que padecía en Merlow City. Pero decidió bajar pronto al café, a distraerse viendo pasar a la gente, en vez de esperar la llamada de Josefin encerrado en el apartamento. En las demás mesas hombres solos fuman, leen el periódico o revisan sus celulares; los árabes con pinta de conspiradores no están a la vista.

Pasa una rubia fofa empujando un cochecito con un niño rozagante, de ojos azules y saltones; luego un gigantón casi albino, rapado, en camiseta sin mangas, como si estuviese en pleno verano, con los brazos tatuados y pinta de neonazi, empuja un coche semejante a una nave espacial fortificada que impide ver al bebé en su interior; en sentido contrario se aproximan dos africanas también con sendos coches y rodeadas por una pacotilla de negritos que gritan, corretean. Las palomas alzan el vuelo.

Una mañana decidió contar la cantidad de mujeres y hombres que pasaban por la explanada empujando coches con bebés. Pero a los pocos minutos se distrajo y perdió la cuenta. No le gustan esas mujeres completamente escondidas bajo un burka negro. Le producen sospecha: imagina que una de ellas, en vez de llevar un bebé en el coche, ha acomodado una carga de explosivos y la detona a la entrada del metro. Una noche le contó su temor a Josefin. A ésta le desagradan esos comentarios, que considera racistas y antimusulmanes, pero su temor a un ataque terrorista es mayor que el de Erasmo, en especial luego de que Kirsten, una de sus mejores amigas, también enfermera, fuera víctima del atentado con coche bomba que tuvo lugar en el centro de la ciudad unos días antes de la Navidad pasada. Estaba a unos cien metros de la explosión. No resultó herida, pero padeció un ataque de nervios y tuvo que ser tratada por síndrome postraumático. Fue el primer atentado en la ciudad; nadie murió, sólo el terrorista iraquí al que le fallaron los cálculos.

Bebe un sorbo del capuchino. El teléfono yace sobre la mesa, junto a la taza.

Una de las gaviotas que acampan en lo alto del poste del alumbrado eléctrico alza el vuelo; grazna al ritmo de su aleteo.

Mordisquea el croissant y enseguida se chupa los dedos.

El teléfono vibra; observa el nombre de Josefin fluorescente en la pantalla.

Dos autobuses se detienen ruidosamente en los paraderos frente a la explanada.

Ella le pregunta si está en el café; él responde que sí.

Que ya tiene los resultados, el asunto es muy serio, tiene hepatitis C, le suelta de sopapo.

Permanece demudado, con la mirada perdida en la gente que sale de los autobuses y cruza deprisa la explanada en dirección a la entrada del metro.

Ella le ha preguntado si tiene conocimiento sobre la enfermedad.

Eso es muy malo, alcanza a balbucear. Dice que supo del caso de una conocida en San Salvador que murió a causa de esa enfermedad, el hígado le dejó de funcionar. Le contaron que al final no producía saliva y cuando trataba de hablar parecía que se estaba asfixiando. Una imagen que lo conmocionó en su momento, pero que ahora no le refiere a Josefin.

Ésta le explica que la enfermedad era incurable años atrás, pero que ahora existe un tratamiento efectivo. Le pregunta si alguna vez se ha hecho un examen clínico para detectar la enfermedad.

No, que él recuerde.

Le advierte que debe hacerse un examen de sangre, pues el riesgo de contagio es alto. Ella se encargará de programarle una cita en el laboratorio clínico del hospital para el siguiente día en la mañana. Luego se disculpa por la brusquedad, por decírselo de esa manera abrupta, pero sabe que él se angustiará más si ella le da evasivas. Que le contará más en detalle cuando regrese al final de la tarde, ahora debe comenzar trámites administrativos para lo del tratamiento.

Cuelgan. Él no le ha preguntado cómo se siente ella.

Permanece anonadado, como si su mente se negara a aceptar lo que acaba de escuchar. Tres gaviotas corretean en la explanada disputando las migas a las palomas.

Escribe en el buscador de su teléfono «hepatitis C». Entra en «síntomas». Nada de lo que lee ha padecido: ni lo amarillento en la piel o en los ojos, ni la orina oscura, ni fiebres, ni salpullidos, ni fatiga crónica. Lo que sufre es un apoltronamiento, el miedo y la haraganería de quien ha perdido la brújula o de quien ha reducido su ilusión a las cosas mínimas de la vida. Pero tampoco a Josefin le ha visto la piel o los ojos amarillentos ni la ha oído quejarse de fiebres o salpullidos. Sí mencionó la orina oscura y la fatiga… Luego revisa las formas de contagio: transfusión sanguínea, uso de drogas intravenosas, sexo rudo. ¿A qué se refieren con sexo rudo? ¿Y si Josefin lo ha contagiado? ¿O ella piensa que él pudo haberla infectado? Imposible, si ella es la que tiene los síntomas. Ha leído que pueden pasar años sin que el virus comience a manifestarse.

Fija la vista en el capuchino, luego en la explanada, pero nada retienen sus sentidos. Recuerda un sueño convulso que lo despertó esa mañana: él contemplaba embelesado a una arañita inofensiva, cuando de la nada apareció un furioso escorpión con dos colas que ensartó de golpe en la arañita. Despertó conmocionado, con una enorme sensación de pérdida. Y permaneció inmóvil en la cama, tratando de descifrar el significado del sueño, con la sensación de que era un mensaje directo sobre su vida. Escribe en el buscador «soñar con un escorpión de dos colas que mata a una arañita».

Entonces, alguien le habla por su izquierda; se le ha acercado sin que él se diera cuenta. Vuelve en sí, asustado: ve a un negro fornido, con una cicatriz como de un machetazo que le corta el pómulo derecho, quien repite su pregunta en sueco. Hasta entonces comprende: sí, claro, puede tomar la silla, no está ocupada. Siente que su rostro se encarna. Le sucede a menudo, cuando cree que ha hecho el ridículo, que la gente lo ve de menos porque no entiende lo que le dicen.

Bebe de un sorbo lo que resta del capuchino; se pone de pie. Un pichón aterriza de súbito junto al platillo donde yacen los restos del croissant. Los africanos –una media docena, que hablan a los gritos– se han sentado alrededor de la mesa junto a la salida de la terraza; lo han encajonado, tendrá que abrirse paso, pedirle a uno de ellos que se mueva hacia delante con todo y silla. Por el rabillo del ojo alcanza a ver a los dos musulmanes con barba a lo talibán que se dirigen hacia la entrada del metro. Se siente acalorado.

El tren traquetea. El vagón va semivacío. Está sentado junto a la ventanilla. No aguantó permanecer en el apartamento. Perdió la noción del tiempo sumergido en sitios con información sobre la hepatitis C, saltaba de un enlace a otro hasta que la angustia se le fue de las manos cuando leyó un chat en el que una californiana se quejaba de que el tratamiento contra la enfermedad costaba 78.000 dólares, y que la compañía de seguros se negaba a pagarlo hasta que ella mostrara los síntomas. Si Josefin lo ha contagiado, la seguridad social sueca no pagará su caso. Está seguro. No es ciudadano, ni siquiera tiene la residencia, sino un permiso de un año como visitante, y su seguro médico está pegado con saliva al de ella. ¿Qué hará? Ese pensamiento está fijo en su mente desde que cerró la computadora y decidió salir del apartamento, tomar el metro hacia el centro de ciudad, sin un rumbo claro, con la sola idea de que necesitaba moverse.

Son las 11.25. Mira a su alrededor: unas pocas ancianas blancas; el resto, inmigrantes variopintos. Le cuesta asumirse como uno de ellos. Siempre se sintió especial, como alguien que va de paso. Pero ahora comprende que su situación es peor que la de esos inmigrantes: sin Josefin no tiene ninguna posibilidad de sobrevivencia en este país, y tampoco se imagina regresando a alguna de las ciudades donde ha vivido con anterioridad. ¿Qué hará si le pasa algo a ella? ¿Volverá a San Salvador, ese pozo hirviente del que salió hace ya once años y al que sólo ha vuelto en cortas visitas?

El tren se ha detenido en la estación Globen. Observa el rótulo del centro comercial; por encima asoma parte del domo enorme del estadio. Nunca lo conocerá por dentro, nunca asistirá a un concierto masivo o a un partido de fútbol. Está fuera de su mundo. Josefin puede haberse inventado lo de la hepatitis C para convencerlo de que se largue. La idea ha vuelto, le parece estúpida, pero está ahí, en su mente. ¿Por qué regresa con tal poder de fijación una idea en la que uno no cree, que desde todo punto de vista es irracional, que sólo puede ser producto de una sospecha descabellada? La pastilla no está funcionando. Es la única explicación que se le ocurre. Su angustia ante la incertidumbre ha neutralizado los efectos del medicamento. Lo que necesita es una copa.

Una mujer rechoncha entra al vagón. Envuelta en un chal de colores vivos pero sucio, con el pelo enmarañado y grasoso bajo un pañuelo también colorido, les habla a los pasajeros con tono mendicante. Nada entiende él.

El tren cierra las puertas y echa a andar.

La mujer recorre el vagón. Cuando pasa a su lado siente el olor agrio. Nadie la mira a los ojos; nadie le da nada.

El teléfono vibra en su bolsillo, le cosquillea el muslo. Es un mensaje de Josefin: que ha cancelado la cena con Anke y Lars. Mala noticia. Anke, qué mujer, caramba. La perfección de la carne con la gracia en el carácter. Desde la primera vez que la vio quedó deslumbrado. Fue cuando celebraban el cumpleaños de ésta, en el restaurante etíope sobre Rinsvägen. Josefin notó su turbación. Se lo comentó cuando regresaban a casa. No pudo negarlo. Le despierta un diablo que, luego del proceso que padeció en Merlow City, él suponía en el sueño eterno; pero sólo lo despierta, no logra sacarlo de la cama. Esa misma noche, mientras montaba a Josefin, fantaseó que ésta era Anke, lo que exacerbó su gozo; y a la mañana siguiente se masturbó con ella en mente, con un intenso anhelo. En otras latitudes, y en tiempos idos, la hubiera buscado para tratar de seducirla. Pero ahora ya no corre esos riesgos.

¿Dónde podría tomar una copa? Es temprano. ¿Y si Josefin se entera? Sólo tomará una y luego almorzará algo pesado para que no lo afecte. Lo que necesita es tranquilizarse. Ella comprenderá.

El tren ha salido de la estación Gullmarsplan y avanza por el puente sobre uno de los ramales de mar. Desde esa altura, los yates y veleros se ven tan diminutos que parecen de juguete.

Seguramente, con el buen tiempo, ya instalaron las terrazas en Medborgarplatsen. Eso hará: se tomará una copa en la plaza y enseguida irá por una sopa de pescado bien cargada a ese mercado de Hötorget que tanto le gusta. Qué ganas.

9

EN RUTA HACIA HÖTORGET

Al terminar el vodka tonic, saborea un estado de ánimo que casi había olvidado, si no de exaltación, al menos de bienestar, a gusto consigo mismo. Se siente recuperado, lúcido. Cree ver con claridad la situación que se le viene encima. La enfermedad de Josefin atraerá a su hija Agnes, a sus padres, a su hermano. Cada cual más desequilibrado que el otro, según lo que ella le ha contado.

Los padres y el hermano viven en Mälmo; los conoció en Navidad y no ha vuelto a verlos. Lo trataron con amabilidad, en especial el padre, un exsindicalista socialdemócrata del sector automotriz, pensionado hace varios años, que le relató en dos ocasiones, durante la cena de Nochebuena, la misma anécdota sobre su participación en el comité de solidaridad con Chile luego del golpe militar de Pinochet. Con la madre y el hermano apenas conversó. Él está seguro de que, pese a la cortesía, lo consideran un inmigrante parásito. Cuando regresaban en el tren se lo comentó a Josefin, pero ésta le dijo que esa idea sólo estaba en su mente, resabios de su paranoia.

Con Agnes, la relación es distinta. Lo trata hasta con camaradería. Ha venido en tres ocasiones a visitar a su madre. Vive en Copenhague, emparejada con una chica argentina; ambas estudian medicina. Toma cursos de español y ha aprovechado sus visitas para practicarlo con Erasmo; no lo hace nada mal. Es guapa como su madre, más alta y espigada, con unas piernas tan impresionantes que la primera vez que Erasmo se las vio tuvo que hacer un enorme esfuerzo para que no le notara la turbación. Estaba acomodando la mesa del comedor cuando ella salió de la ducha envuelta en una toalla y luego se embutió en un short para desayunar con ellos. Aún ahora recuerda el estremecimiento, la inmediata idea de poder seducirla y acostarse con ella, cumplir la fantasía de coger con la madre y con la hija, comparar sus olores, las formas de gemir, las posturas preferidas. Pero enseguida volvió a la realidad. No pudo hacerse una paja evocándola, menos lograr que en su imaginación suplantara a Josefin en la cama. Algo lo bloqueaba.

¿Se tomará el segundo vodka?

Cuando llegó al Babylon, todas las mesas de la terraza estaban ocupadas. Pero el sitio es muy luminoso: una pared de cristal separa el exterior del interior. Así que desde su mesa puede ver parte del parque, a los peatones que lo cruzan, a los vagabundos que comienzan a pulular con la entrada de la primavera.

Por qué está pensando en Agnes, por Dios. Lo que debe afrontar es lo que hará en caso de que esté infectado con la enfermedad. Y ahí es donde se tranca, como en esos sueños recurrentes en que está rodeado por inundaciones, sin ruta de escape. Nada se le ocurre. Aunque lo más probable es que él no esté contagiado. Toda la información que ha leído indica que la transmisión es por vía sanguínea y, que recuerde, él no ha tenido ningún contacto de ese tipo con Josefin, ni siquiera han hecho el amor cuando ella tiene la regla. Supone que el «sexo duro» consiste en coger desaforadamente hasta que a la mujer le sangra uno de los orificios o al hombre la verga. No encontró una definición precisa en el internet. De seguro que a Josefin la infectó el gigante ese que le rompía el culo con una estaca mayor; tuvo que haber sangrado. Por primera vez da gracias de tener un miembro más bien pequeño.

La encargada de la caja registradora lo mira de reojo. Es la hora de almuerzo. Los comensales han ocupado la mayoría de las mesas interiores. Él se empina el vaso y chupa los restos de hielo. ¿Se tomará el otro vodka?

Las que se habrá tragado Josefin, con lo grandotes que son los suecos. Nunca se ha atrevido a preguntarle si la de él ha sido la más pequeña que ha tenido dentro. Por Dios, en lo que está pensando. ¿Por qué las asociaciones en su mente hacen lo que quieren con él? Tiene que perseguirlas para tratar de detenerlas, como si dentro de su cabeza hubiese una rata grande y veloz, y un gatito lento que trastrabilla tras de ella. No puede largarse si Josefin es la única contagiada: tiene que cuidarla, apoyarla, pagarle lo que ha hecho por él, reivindicarse, hasta lo entusiasma la posibilidad de demostrar su calidad como persona, de lucirse. Pero ¿y si es demasiado tarde para que acaben con el virus? La que se le viene encima.

Vibra el teléfono sobre la mesa.

Es un mensaje de texto de Josefin, dice que ya le ha conseguido la cita para el examen de sangre a las 8.30 de la mañana.

Permanece con la mirada perdida en la pantalla.

Entonces comprende que éste es el último día de la vida que ha llevado desde que llegó a Estocolmo, que se cierra una etapa, kaput, a partir de mañana todo girará alrededor de la enfermedad de Josefin, a quien darán de baja en el hospital mientras se somete al tratamiento. Tendrá que acompañarla y darle apoyo permanentemente, en caso de que él no esté infectado, claro. Pedirá el segundo vodka para despedirse de la vida que acaba.

Una mujer guapa, elegante en su traje sastre marrón, se ha sentado en la mesa contigua, de cara a él. La observa con atención: tiene el cutis bronceado, la cabellera ondulante muy negra, quizá teñida, y unos ojos azul cielo. Ella evita su mirada, lo ignora. La podría abordar, contarle que estas son sus dos primeras copas de vodka en casi un año, que seguramente pasará otro largo periodo sólo con una cerveza y una copa de vino al día, dedicado a cuidar a Josefin, sobre todo a darle apoyo moral. Que éste es un momento especial para él, quizá podría sentarse con ella a la mesa... Las estupideces que se le ocurren.

Una mujer rechoncha, también embutida en un traje sastre y con portafolios, entra al restaurante, saluda con un beso a la guapa y luego toma asiento frente a ésta, cubriéndola de la mirada de Erasmo.

Pinche gorda fea, piensa, la constipación intestinal le rebalsa por la jeta.

Le parece que está perdiendo el miedo que lo ha atenazado desde hace cuatro años, cuando llegó a Merlow College, esa tierra de puritanismo y prohibición, y que alcanzó su paroxismo cuando aparecieron en su vida la niña guatemalteca y su hermano pandillero, bien muerto que está el hijo de puta, se congratula como si él lo hubiese eliminado.

Gracias a este segundo vodka se siente con más lucidez, sentido crítico, ganas de aventurarse, de morder con ansias la vida sin importar lo que traiga.

Bebe con rápidos sorbos. Quiere cambiar de aire. Muy aburrido este sitio a esta temprana hora. Recuerda orinar antes de irse, que en el mercado de Hötorget cobran cinco coronas por usar los sanitarios.

Sale del Babylon con el ánimo en alto, como envalentonado. No bajará al metro ahí mismo en Medborgarplatsen, sino que caminará hasta el mercado Hötorget. Lo separan sólo cuatro estaciones. El paseo será tonificante en ese clima templado, bajo el estimulante sol que tanto escasea en estos lares, y le ayudará a que se le asienten los vodkas.

Sube por Götgatan hasta Slüssen, con los sentidos despabilados, fijándose en cada una de las mujeres guapas que van por esa calle peatonal, desafiante, buscándoles la mirada y luego haciendo un rápido escaneo de sus cuerpos. ¡Qué putas!

Exultante, avanza por el medio de la calle.

Lamenta que el bar Beefeter no lo abran hasta las dos de la tarde. Con gusto se hubiera tomado otra copa. Le gusta ese bar. Ha venido en un par de ocasiones al final de la tarde a saborear una Guinness. Eso se le antoja ahora: una cerveza, pero clara.

Cruza el puente hacia Gamla Stan, cuidándose de los ciclistas, una amenaza, si por un descuido se metiera en el carril de ellos, terminaría fracturado en el hospital, con la velocidad que llevan.

Observa las cúpulas de los palacios que están en las colinas de la pequeña isla, la ciudad vieja, sin duda ya plagada de turistas. Luego mira hacia su izquierda la especie de malecón junto a la plazoleta: cantidad de mamaítas están ahí descansando bajo el cielo azul brillante. Hará lo mismo. Al fin que el restaurante de Hötorget se llena de oficinistas entre 12.00 y 13.00 y también apesta a turista, aunque la sopa de pescado es tan buena y barata que no importa. Mejor hace tiempo, espera.

Decenas de gaviotas planean sobre las aguas, el puente, la plazoleta; empujan sus graznidos entre la molotera del tráfico.

La caminata lo ha acalorado. Va demasiado cubierto –la camiseta, un suéter y la chaqueta de cuero–; la temperatura bajo el sol es más alta de lo pronosticado. Al final del puente se detiene, se quita la chaqueta y la sujeta entre las piernas, mientras se saca el suéter y se lo amarra a la cintura. La chaqueta es casi sagrada, su objeto de mayor atención cuando no está en casa: en ella lleva su documento migratorio, su billetera y el teléfono.

Recorre la especie de malecón a paso lento. Repara en las mujeres que están solas, sentadas en los escalones frente a las aguas; algunas comen de un tupperware o tienen un sándwich en la mano, otras sólo descansan de cara al sol, la mayoría revisan sus teléfonos. Escanea con ansias a cada una, en busca de piernas, brazos, nucas, rabadillas, como si de esa forma pudiera poseerlas. Piel para lamer; cabrón desasosiego. Ninguna le presta atención.

Tiene sed, ganas de una cerveza.

Se dirige a la terraza cubierta por un toldo blanco que está en la plazoleta. Le molesta la música estridente que suena en los parlantes junto a la barra. Antes de ordenar la cerveza, le pide al barman si por favor puede bajarle el volumen. Éste lo mira con sorpresa y luego molestia, desprecio: si no le gusta la música, hay otros bares en los alrededores, le dice en un inglés con marcado acento británico.

Siente la combustión, el impulso de insultarlo, hijo de las mil putas, y largarse. Duda un segundo. Mira la marca de cerveza que está en los sifones. No la conoce. Pide una lager, como si nada hubiese pasado. El barman le sirve con el rictus encogido de desprecio. Paga en efectivo, la cantidad exacta, toma el vaso y se dirige hacia la mesa más alejada de los parlantes, desde donde puede observar el malecón. Pero ya se envenenó: sueco comemierda, racista, le debió haber dicho que se metiera su bar y su cerveza por el culo, que la próxima vez que lo trate de esa manera le cortará los huevos para zampárselos en la jeta y la lengua para ensartársela en el culo; fantasea que lo espera al final de la noche, en los callejones oscuros de la ciudad vieja, y le pega un par de trabones. Repara en que la pareja de viejos de la mesa contigua lo mira de reojo. Vuelve en sí. Quizá gesticuló y habló en voz alta. Voltea hacia donde está el barman, con miedo de que éste haya adivinado sus pensamientos, de que haya intuido su vibra de rabia, y venga a reclamarle; es fornido, joven y le daría una paliza. Debe largarse de este país, aprovechar la enfermedad de Josefin para decir chao. Pero ¿cómo?, ¿hacia dónde?

Padece una sensación incómoda, mal sabor, de nuevo el desagrado hacia sí mismo, el desasosiego.

Empina el vaso de cerveza.

Cuando sale de la terraza, permanece un momento en la plazoleta. De cara al tonificante sol, se dice que debe olvidar la mala onda en que lo sumió ese barman comemierda, que la cerveza lo ha entonado y merece otro estado de ánimo.

Duda si continuar su marcha hacia el mercado de Hötorget a tomar la sopa de pescado o volver sobre sus pasos, cruzar el puente y dirigirse hacia la zona de Mariatorget, a ese bar que tanto le gusta, el Loch Ness, donde fue por primera vez con Josefin y Anke, por Dios, esa mujer, tiene que encontrar una forma de quedar con ella sin que Josefin se entere. Saca su teléfono, escribe en el buscador «Loch Ness». El bar está cerrado, no abrirá hasta las cuatro de la tarde, una lástima, aunque quizá sea mejor, porque hubiera tenido que comer una hamburguesa o un *fish and chips* o una cochinada por el estilo, y pagando el mismo precio, o incluso más, que por la apetitosa y nutritiva sopa de pescado.

Sigue su marcha a través de la isla, entre quioscos atiborrados de suvenires para turistas, hacia el centro de la ciudad.

10

LA CAÍDA

Se llama Dila. Le ha dicho que nació en Suecia, pero sus padres son turcos. Habla sueco, turco e inglés, por supuesto, que es la lengua en la que ahora se comunican, pero domina también el alemán y el italiano, pues desde muy chica ha pasado largas temporadas de vacaciones donde sus familiares en Colonia y Turín. De español entiende un poco, por su cercanía con el italiano, pero es su asignatura pendiente.

Irá de vacaciones con su familia a Cancún el verano entrante, de hecho en ocho semanas, cuenta los días que faltan, dice con una sonrisa. Entonces tendrá oportunidad de practicarlo.

Sale de la barra con un azafate vacío.

Desde su banco, de reojo, él la ve pasar a su espalda. Mamaíta.

Se dirige hacia una mesa ubicada a un costado de la puerta de entrada, a recoger los trastos sucios, a limpiarla.

Tiene la piel clara; los ojos y el cabello negro azabache. Y el cuerpo, voluptuoso, embutido en un pantalón y un suéter también negros. Es una belleza turca en toda regla, piensa, una odalisca. Linda palabra: odalisca. Así la llamaría si se la llevara a la cama. ¿Por qué no? Es entradora, lo trata con familiaridad, si no coquetería. Porque esas miradas entornadas, hasta maliciosas, son eso. No lo está imaginando.

Él es el único cliente en la barra. Quedan comensales en dos mesas. La hora del almuerzo y el digestivo ha pasado. No para él. Recorría la calle peatonal, en busca de un sitio para tomarse la del estribo, cuando, luego de cruzar la calle Olof Palme, vio a través del cristal a esta guapura que atendía la barra. No lo dudó.

Es un típico bar irlandés. Ha leído el nombre en el menú, Tritiggen, a sabiendas de que lo olvidará de inmediato. A la que no olvidará es a esta belleza, mucho menos si logra convencerla de que se encuentren más tarde, cuando ella termine su turno en el bar. Bueno, hoy tiene que regresar al apartamento por lo de Josefin, qué mierda, pero si consigue su número telefónico pueden ponerse de acuerdo para otro día o él podría pasar por el bar a esperarla a la hora de salida. ¿Se enterará Josefin? ¿Cómo reaccionaría? Se han dicho que son dos personas adultas, con muchas experiencias en la vida, que si la relación no va bien es mejor enfrentar la situación y contar al otro lo que está sucediendo. Pero éste sería nada más un polvo, o quizá más de uno, si es posible, y en todo caso contarse la verdad es una insensatez, nadie le cuenta la verdad a nadie, menos en lo que tiene que ver con el sexo, se oculta o magnifica lo vivido con tal de aparentar lo que se quiere ser y no lo que se es.

Siente que bulle, que ha regresado algo de su ser anterior: dos vodkas en el Babylon, una lager en la terraza de Gamla Stan y otra con la sopa de pescado en el mercado de Hötorget, y ahora este gin-tonic, el digestivo que necesitaba.

Hace la cuenta: tiene diez meses y medio de no acostarse con una mujer que no sea Josefin. Nunca le había sido fiel a una pareja durante tanto tiempo. Una barbaridad con la abundancia de mujeres hermosas en esta ciudad. Su última aventura, con la tal Mina, la judía sicótica de Washington, lo dejó curado. Aunque en verdad ella no fue la culpable de su desgracia, sino su puta mala suerte. Pero no quiere recordar ese episodio, lo amargará, y ahora Dila pasa de nuevo a su espalda con el azafate cargado de platos sucios hacia la puerta batiente del fondo. Él ha volteado a verla con una sonrisa que quiere ser de buena persona, de un cliente amigable, cuando ha aprovechado en verdad para verle el trasero, que ella contonea seguramente consciente de la mirada que lo sigue. Culito más sabroso, la de cosas que podría hacer con él. Sin recato, baja su mano derecha y se soba los genitales.

Bebe un breve sorbo. Mira el grifo de la Guinness; se le antoja. Pero debe calcular el tiempo. Mientras tomaba la sopa en el restaurante de Hötorget, recibió un mensaje de Josefin, en el que le decía que llegaría más temprano, alrededor de las 4.00, que le escribiría cuando estuviera en la estación Skanstull. Saca su teléfono: le queda hora y media.

Dila sale por la puerta batiente y regresa a su puesto tras la barra. Le sonríe de nuevo con esa mirada que lo perturba. Luego se saca el pullover, agita la cabeza para acomodarse la cabellera. Ha quedado en una estrecha camiseta sin mangas; los finos vellos oscuros refulgen sobre la blancura marmórea de sus brazos, y esas tetas, ricura. Le está coqueteando, por supuesto.

Le dice que él gustoso podría reunirse con ella para enseñarle un poco de español antes de su viaje a Cancún, quizá en una cafetería de las cercanías, él tiene una enorme flexibilidad de horario pues trabaja desde su casa y le queda tiempo libre entre una traducción y otra.

Ella le sonríe, como si fuera a decir que es una estupenda idea, pero asegura que no tiene tiempo, su trabajo en el bar y sus estudios no le dejan un resquicio libre.

Le pregunta si le sirve otro gin.

Por la puerta batiente sale un tipo con delantal, barba negra tupida, fortachón, quizá de origen turco como ella.

Erasmo duda, dice que quizá más al rato.

El tipo del delantal ha entrado tras la barra, al área de los grifos de refrescos. Mientras vierte Coca-Cola en un vaso, voltea hacia Erasmo; su expresión es seria, severa.

Dila se le ha acercado y cuchichean; algo ha cambiado en el tono de ella, aunque no entienda una palabra de lo que dicen. Quizá es su novio o su hermano.

Siente una súbita correntada de miedo. En la que ha venido a meterse, qué imbécil. Con la de reportajes que ha leído en los que por el honor de la familia esta gente puede cometer salvajadas contra sus mujeres.

Apura los restos del gin y gesticula pidiendo la cuenta.

Lo aprietan unas urgentes ganas de orinar.

Ella se acerca con la pequeña bandeja. Evita mirarla. Busca su billetera en el bolsillo interior de la chaqueta. Saca su último billete de cien coronas y lo pone sobre la pequeña bandeja.

Pregunta dónde están los sanitarios, con una mueca de hombre amigable, inofensivo, tratando de que no se le note el miedo.

Es el tipo del delantal quien señala hacia el fondo del salón.

Ella se abstiene de recoger la pequeña bandeja con el billete. Le dice que faltan diez coronas.

Él no ha entendido. Cree que cuesta diez coronas utilizar el sanitario; tiene el impulso de protestar, es el colmo. Pero manso saca de su bolsillo un rimero de monedas. Entonces cae en la cuenta de que no vio bien la cifra.

Cuando se baja del banco siente un leve mareo. Camina sintiéndose penetrado por la mirada de los otros.

Orina, ansioso, atento a la puerta, como si el tipo del delantal fuese a irrumpir en cualquier momento. Tiene la vejiga muy cargada: quisiera terminar de inmediato, pero la meada se le hace eterna. De seguro Dila fue a la cocina a quejarse de que él la estaba acosando. O el tipo observaba las cámaras de vigilancia. Claro, eso fue. Se la sacude, agitado, salpicándose la mano. En el lavabo, mantiene la vista fija en el reflejo de la puerta en el espejo. Luego repara en su rostro: está como fuera de foco. Zapatón, dirían en su tierra, un poco a moronga, medio a verga.

Cruza el salón rumbo a la salida. El tipo del delantal sigue tras la barra; Dila ha desaparecido.

Gracias, masculla Erasmo, sin voltear.

Quiere pisar con paso firme, decidido, pero siente las piernas un poco flojas. Sale a la peatonal. La tarde sigue tibia, soleada. Un viento fresco le golpea el rostro. Pretende hacer un rápido escaneo para detectar si alguien sospechoso está a su espera, pero las imágenes se le mezclan, no puede mantener el foco. Decenas de personas van por la calle. Enfila hacia la estación central.

Avanza detrás de una rubia alta, elegante, entallada en pantalones de cuero negro y tacones de aguja. Quisiera pegársele como su sombra. Pero las piernas le responden menos; tampoco logra fijar su atención. Debe llegar al apartamento antes que Josefin, para tener tiempo de tomar una siesta, para recibirla recuperado. Este pensamiento es el único que logra fijar en la masa nebulosa en que se ha convertido su cerebro.

Le parece haber visto salir de la estación central al par de talibanes de su barrio, con las mochilas en la espalda. Debe apurarse. Estarán a punto de hacer un atentado.

Entra a la estación por el edificio de Åhléns. Baja las escaleras mecánicas en medio del gentío, aferrado al pasamanos, completamente mareado. Los rostros en las escaleras de las personas que suben pasan como una película veloz; nada registra, nada se le queda. Alcanza la plataforma cuando un tren irrumpe con estruendo. Logra distinguir en los altavoces la palabra «Hagsätra». Entra al vagón casi dando tumbos; se desploma en un asiento al lado de la puerta. Siente su cerebro como un líquido espeso. El tren arranca.

Y entonces su memoria se apaga, borra película, kaput.

No se entera de cómo logra salir del vagón en Högdalen, subir las escaleras, desembocar en la explanada, caminar hacia el edificio, presionar los números de la clave del portón, entrar al ascensor, salir en el séptimo piso, abrir la puerta del apartamento, colgar la chaqueta, quitarse los zapatos y dejarlos acomodados en la zapatera.

Tampoco se enterará de cómo entra a la habitación, se desviste, dobla cuidadosamente su ropa sobre la cómoda, se acuclilla a defecar en el piso, junto a la cama del lado de Josefin, y luego se mete bajo las cobijas.

11

EL POZO EN LA MEMORIA

Siente las sacudidas.

Ha emergido abruptamente del fondo del mar y el oleaje lo golpea.

Trata de abrir los ojos, pero le parece que sus párpados están pegados con goma. Al fin parpadea, sin lograr enfocar. No sabe dónde está, no entiende lo que sucede, hasta que los pedazos de su mente vuelven a su sitio.

Es Josefin quien lo sacude por el hombro.

Está acostado en la cama de la habitación. Mierda: ella ha llegado antes de que él tenga tiempo de lavarse la boca; le sentirá la estocada a alcohol.

Trata de incorporarse. Logra sentarse en el borde de la cama, cuando la habitación comienza a girar endiabladamente a su alrededor.

Oye que Josefin le dice algo en tono imperativo, pero no puede ponerle atención.

Tambaleándose se dirige a toda prisa hacia el baño.

Apenas alcanza a caer de rodillas frente al excusado en el instante en que el vómito sube por su esófago.

Exhausto, se sienta en el borde de la bañera. Recupera el aliento. Le dirá que la sopa de pescado le hizo daño, lo intoxicó. Reconocerá que tomó una cerveza, sí, pero era light y jamás lo hubiese descompuesto de esta forma.

Siente escalofríos. Estira los brazos hacia el frente y constata el temblor de sus manos. Teme que el estómago le falle de nuevo.

Se cepilla los dientes, ansioso; luego se enjuaga y hace gárgaras con el desinfectante bucal.

Abre la puerta. Va a la cocina por un vaso de agua. Bebe a pequeños sorbos, con mucho cuidado.

Josefin lo espera en la habitación, de pie, a un lado de la cama, con una expresión de severidad que no le conocía. Él se pone el calzoncillo y la camiseta. Ella señala hacia el suelo. Entonces mira la cagada: dos mojones, uno descansando sobre el otro, impecables. Percibe el tufo.

Ella le dice que por favor limpie de inmediato su suciedad.

No comprende. Eso no puede ser de él. Imposible. No recuerda. Pero ¿y de quién más?

Siente un vahído.

Que se dé prisa, le dice Josefin, y sale de la habitación.

Permanece perplejo, demudado. Él no pudo haber hecho eso, lo recordaría. Pero nada recuerda: ni cómo vino al edificio, ni cómo entró al apartamento. Padece un vértigo, como si se le hubiese abierto un enorme hueco dentro de sí mismo. El rostro de Dila aparece en su mente. Alguien pudo haberlo seguido. ¡Claro! El hermano o novio de ella lo siguió y éste es el mensaje para que no vuelva a aparecerse por el bar.

Aferrado a esa idea se abalanza hacia su pantalón para constar si las llaves se encuentran en su bolsillo. Ahí están.

Se dirige a la sala. Josefin está en el sofá; lo mira con la misma expresión de severidad.

Él le pregunta con apremio si cuando ella entró la puerta del apartamento estaba con doble llave desde adentro. Ella afirma con un movimiento de cabeza, sin distender su expresión de disgusto.

No sé lo que ha sucedido, dice Erasmo. Quizá alguien entró detrás de mí...

Limpia esa suciedad de inmediato, masculla ella, con un gesto de hartazgo, que se apestará la duela.

Va a la cocina por papel secante. Regresa a la habitación, sin voltear hacia Josefin a su paso.

Por suerte los mojones son de una textura muy sólida. Los recoge con facilidad; luego los tira en el inodoro y echa el agua. Regresa a la cocina por más papel y el líquido para limpiar el piso de madera.

Ella sigue en el sofá, imperturbable.

Se arrodilla para frotar la madera. Luego se pone de pie: tiembla todo él, con el estómago revuelto, como si de un momento a otro fuera a vomitar de nuevo. Regresa al baño a tirar los papeles sucios.

Dios mío, qué he hecho, se dice, frente al lavabo, mientras se lava las manos, se humedece el rostro con agua fría.

Josefin permanece en el sofá. Él se sienta a su lado.

No sé qué decir, musita contrito. No comprendo qué sucedió. Lo siento. No recuerdo nada.

Ella guarda silencio un rato.

Nuestra relación ha terminado, dice tajante, como una decisión inapelable. Defecaste en ella y en mí. No quiero volver a verte. Empaca tus cosas y te vas.

Voltea hacia ella con la intención de apelar, de hacerle una caricia, pero Josefin lo disuade con una mirada gélida.

Siente que algo se desmorona en su interior. El estómago se le revuelve. Se dirige deprisa hacia el baño.

Luego de un espasmo, permanece tiritando, sentado en el borde de la bañera. Nunca había sentido tanta angustia. Quiere llorar, culpar a alguien. Le confesará que la mezcla del alcohol con las pastillas ha sido fatal, le implorará que por favor lo perdone, no volverá a suceder. Pero aún no se atreve a salir. Es como si padeciese una combustión que le inflama el pecho, que le dificulta respirar. Debe calmarse. Y entonces recuerda la hepatitis C. Carajo.

Regresa a la sala. Josefin no está en el sofá. La busca por el apartamento. Nada. Se ha ido. Encuentra una nota manuscrita sobre la mesa del comedor: «Cuando regrese del hospital mañana en la tarde, ya tendrás que haber desalojado el apartamento. Llévate todas tus pertenencias y deja las llaves sobre esta mesa».

12

LAS CARRERAS DEL EXTRAVIADO

Permanece en shock. No da crédito a lo que está pasando.

Debe disculparse con Josefin, rogarle que lo perdone por haber perdido el control.

Busca su teléfono celular en el bolsillo de la chaqueta. Pero el teléfono no está ahí. Va a la habitación. Escruta a su alrededor: en las mesas de noche, las repisas, el tocador. Se arrodilla para revisar el suelo de la habitación, pero lo único que relumbra al ras es la mancha de la defecación. Remueve las sábanas en la cama; hurga los bolsillos del pantalón. Nada. Vuelve al recibidor a revisar la chaqueta. ¿Es posible que lo haya perdido?

Se precipita hacia el sanitario, luego hacia la sala y la cocina. Ni rastro del teléfono. ¿Se le caería en el tren sin que él se percatara?

Siente un grito atorado en la garganta.

Debe calmarse: todo esto no está sucediendo.

Se sienta en el sofá.

¿Cuándo fue la última ocasión en que lo utilizó? Claro, cuando salía del bar de los turcos: ¡el tipo que lo siguió y entró a la habitación a defecar también se llevó su celular! Eso le pasa por andar fijándose en mujeres que no debe.

Debe explicarle a Josefin, pero ¿cómo?

De nuevo recorre el apartamento con agitación; busca en los mismos lugares. Quizá lo tiene enfrente y no lo ha visto. No sería la primera ocasión en que le sucede algo así. Desde que comenzó a tomar la Piruxetina su memoria le hace estas jugadas y los objetos a veces desaparecen de su vista, aunque siempre han estado ahí.

¿Y si en verdad esa cagada es suya y por culpa de la pastilla no recuerda haberla hecho?… No es posible. En todo caso hubiese ido al inodoro.

Siente la humedad empapando sus axilas, la boca reseca.

Quizá Josefin se llevó el teléfono para dejarlo incomunicado, para que no tratara de comunicarse con ella, para castigarlo. ¿Será posible? Dios santo.

Se deja caer en la cama, derrotado.

Entonces oye el golpe sobre la madera. Empuja la cama. El teléfono estaba atrapado entre ésta y el respaldar.

Lo recoge. Como un recién resucitado le marca a Josefin. No responde. Insiste, pero ella lo ha apagado.

¿Y ahora?

Se pasea como animal enjaulado por el apartamento.

Transpira. El sudor le apesta a alcohol.

¿Adónde se habrá ido Josefin?

Seguramente donde Anke y Lars o quizá donde Kirsten. Pero no tiene sus números telefónicos. No tiene porqué. Siempre los ha frecuentado en pareja. No son amigos suyos, sino de ella; él no tiene amigos en Estocolmo, es como un paria arrimado a ella.

Nunca la imaginó capaz de reaccionar de esa manera, de hacerle algo así.

Entra a la cocina. Se siente deshidratado; bebe agua a sorbos, con cuidado, en espera de la reacción de su estómago. Bebe más y nada pasa. Abre completamente la ventana. Respira a profundidad, una y otra vez.

Le urge una Coca-Cola, para nivelarse.

Ella tiene que encender el teléfono en algún momento. Insiste. Luego le escribe un mensaje: ¿Dónde estás? Por favor, responde.

Regresa a la habitación. Se viste y toma su chaqueta. Quizá Josefin está en los alrededores, se ha arrepentido de tratarlo tan mal y regresará pronto. La buscará en el café junto al metro, en el supermercado.

Baja en el ascensor. Se siente desencajado, como si algo hubiese quedado fuera de lugar dentro de sí mismo. El ascensor se detiene. Entra el lunático del tercer piso. Por Dios, lo que le faltaba. Un tipo que apesta como si nunca hubiese tomado un baño en su vida, cuyo tufo queda impregnado en el ascensor y el lobby del edificio; tampoco saluda ni levanta la vista. A veces se lo encuentra frente a la estación del metro: se pasea en círculos con las zapatillas rotas y la mirada fija en el suelo como si se le hubiese perdido algo.

Contiene la respiración. El acabose sería que se le volviese a revolver el estómago. Con gusto le pegaría un patadón en los cojones y luego le apretaría el cuello hasta sacarle la mierda de una vez por todas.

Sale a toda prisa. Enfila hacia la zona comercial. A las zancadas, ansioso, mira a cada uno de los transeúntes que viene en su dirección, como si de pronto fuese a reconocer a Josefin.

¡Qué imbécil! ¡Puede que aún esté en los andenes del metro! Acelera el paso. El tren pasa cada diez minutos. Llega a la estación en carrera, jadeante. Baja las escaleras a trancos. Recorre el andén; siente el llanto a flor de piel. La gente lo ve con resquemor y aparta la mirada. Josefin no está. Se fija en la pantalla que cuelga del techo: el próximo tren pasará en ocho minutos.

Saca el celular y marca de nuevo. Nada. Escribe otro mensaje: pide disculpas, dice que deben aclarar la situación.

Ha perdido el aliento.

Sube las escaleras y entra al Pressbyrån, la tienda de conveniencia que está a un costado de la entrada del metro. Compra una Coca-Cola de lata; bebe un largo sorbo.

Sale a la explanada.

Ya ha ojeado la terraza del café: Josefin no se encuentra. Pero tal vez esté dentro, compungida en una de las mesas, sin saber qué hacer luego de tomar la decisión de correrlo de forma precipitada. Nada.

Su última esperanza es que ella se haya arrepentido y haya entrado al supermercado, a comprar algo, mientras se le pasa el enojo.

Pero Erasmo ha perdido el fuelle. Comprende que su mente lo está engañando, que Josefin se ha largado. Recorre como zombi los pasillos, llenos de clientes a esa hora. La gente apenas le presta atención, ocupada en llenar las cestas con los víveres para la cena.

Vuelve a la explanada. Camina, a punto de derrumbarse.

Casi se lo lleva la turbamulta que sale del metro.

Se deja caer en una banca, la misma en la que a veces se apretujan los borrachines de la zona.

Tiene los ojos acuosos, el llanto atorado en el pecho.

Alcanza a percibir las zapatillas destartaladas del lunático del tercer piso que se desplazan lentamente entre la agitación de otros andantes.

Qué ondas. ¿Qué hacés?

Le cuesta un par de segundos volver en sí. Es Koki quien le habla.

Quiubo, balbucea, tratando de recomponerse.

No tiene idea de cuánto tiempo ha transcurrido desde que se sentó en la banca; su mente ha estado succionada, fuera del tiempo.

Saca su teléfono del bolsillo de la chaqueta. Son las 5.17. No hay mensaje de Josefin. Le marca de nuevo, pero el teléfono de ella sigue apagado.

Koki se ha sentado a su lado, intrigado.

¿Qué te sucede?

El sol está cayendo a sus espaldas.

Mi mujer me echó del apartamento, dice, sin énfasis, como ausente.

¿Y eso?

Erasmo se encoge de hombros.

Es una historia complicada, murmura, sin voltear hacia Koki, con la mirada puesta en la entrada del metro, observando a la gente que sale.

Ráfagas de viento helado soplan en la explanada.

Koki se quita la mochila que traía en la espalda, la coloca en su regazo y se reacomoda en la banca. Saca una caja de cigarrillos del bolsillo de su chaqueta de cuero.

Está cabrón, dice. El viento le apaga en dos ocasiones la llama del encendedor. ¿Y dónde te vas a ir?

No ha pensado en ello; su mente se ha negado a aceptar que la decisión de Josefin sea terminante. Y, además, ¿adónde podría irse? No tiene a nadie más en este país.

Reconoce la arremetida del pánico: la súbita resequedad en la boca, el apretón en las tripas, las palpitaciones, las ganas de salir de sí mismo, de no estar donde está, de no ser quien es.

No sé, alcanza a decir. Me ha dado plazo hasta mañana para que me vaya del apartamento con mis cosas.

Siente como si su cerebro se hubiese desprendido de la cavidad craneal y al menor movimiento, al golpear una de las paredes, pudiera estallar.

Mal pedo, comenta Koki, pensativo, como si recordara, echándose hacia atrás para expeler el humo. Las suecas son cabronas.

Un par de gaviotas aún planean sobre la explanada.

De pronto una correntada eléctrica le parte el cerebro. Se toma la cabeza con ambas manos. La vista se le ha empañado. Por unos instantes se queda en blanco. Luego sufre vértigo.

Apoya las manos en la banca.

¡Puta!, exclama.

Koki lo observa, alarmado. Lo toma del brazo.

Tranquilo, le dice.

Es la puta pastilla, balbucea.

¿Qué pastilla?

Una mujer chaparra y rechoncha, con el típico rostro encarnecido e inflamado de la alcohólica, se ha detenido frente a ellos. Los observa con la boca abierta. No tiene dientes, excepto dos caninos.

Erasmo se mantiene inmóvil, en pánico. Pero enseguida el vértigo cede; la vista se le aclara.

¿Llamo a una ambulancia?, dice Koki, sacando su celular.

No, reacciona Erasmo. Ya pasó.

Luego de la correntada, siente su cerebro como una esponja reseca y temblorosa, aunque no tiene dolor ni embotamiento, sino claridad, como al desempañar las gafas.

La mujer desdentada se ha acercado un par de pasos, aún boquiabierta.

Erasmo repara en ella.

Y esta vieja hija de mil putas ¿qué nos ve?, dice, entre dientes, clavándole la mirada, agresiva.

La mujer retrocede, asustada, y sigue su camino.

Koki lo observa con curiosidad; luego sonríe, y lo palmea en el hombro, como si el insulto fuese constancia de una vuelta a la normalidad.

Quedan en el Hank's a la tarde siguiente.

Camina con celeridad hacia el edificio. La velocidad de su paso es tironeada por la expectativa de que Josefin haya regresado al apartamento por otra ruta, que ahora esté esperándolo; esquiva la idea contraria, que ella se ha ido de verdad y no regresará hasta que él se haya largado. Abre la puerta con aparente normalidad, como si nada hubiese pasado entre ellos, como si después del desencuentro hubiese llegado la hora de la reconciliación. Pero ella no está.

Entra a la habitación. Lo golpea la hediondez. Permanece de pie observando el sitio de donde recogió los excrementos, el pedazo de duela en el que ha quedado una leve huella de humedad.

Esa mierda era suya. ¡Joder! Ahora lo sabe, tiene la certeza, aunque nada recuerde. Se cimbra, conmocionado. ¿Cómo es posible que haya cagado ahí y que su memoria no lo haya registrado? ¿Por qué en ese sitio y no se dirigió hasta el baño, si su piloto automático funcionó tan de maravilla que se metió límpidamente bajo las sábanas? Su historial de borracheras demuestra que su piloto automático ha trabajado siempre de forma impecable, incluso en situaciones inverosímiles, como cuando en San Salvador, diecisiete años atrás, se fue a la cama con aquella camarógrafa gringa –eran las primeras elecciones de posguerra y el país era un avispero de periodistas–, y de tan ciego que estaba por tanto beber despertó sin ningún recuerdo de la jornada, temiendo lo peor, pero se encontró en la mesita de noche una nota en que la susodicha le daba las gracias por tan estupenda velada y le proponía que se vieran de nuevo esa misma tarde. ¿Cómo se llamaba la periodista? No se acordará, pero de nuevo lo invade cierto orgullo. Imbécil, reacciona, la nota que ahora le han dejado es muy distinta.

Marca de nuevo el número de Josefin. No contesta.

¿Y por qué cagar en la tarde? Siempre, todos y cada uno de los días, defeca temprano en la mañana, su colon es puntual; las únicas ocasiones en que ha defecado a deshora ha sido cuando ha tenido ataques extremos de pánico o ansiedad. Caramba, eso fue: el pánico ante lo que le trae la vida con la enfermedad de Josefin. Y la Piruxetina mezclada con el alcohol, claro.

Escribe otro mensaje: pide de nuevo disculpas, dice que el miedo ante la hepatitis lo hizo beber una cerveza de más y que se le mezcló con el medicamento, que la defecación fue una acción inconsciente de su cuerpo, que jamás hubiera hecho algo así por su propia voluntad, que por favor le responda.

Vuelve al comedor. La nota manuscrita sigue sobre la mesa; la relee como si fuera a descifrar un significado oculto. Se deja caer en una silla. Dobla los brazos sobre la mesa; acomoda su cabeza, para dormitar. Quisiera desaparecer, despertar del mal sueño. Solloza, luego ronca.

Despierta en el sofá. Se quedó dormido con las luces encendidas. Tiene unas intensas ganas de orinar y la garganta reseca. Recoge su teléfono celular de la alfombra: son las 2.07. ¡Hay un mensaje de Josefin!: le dice que no vaya a olvidar su cita en el hospital a las 8.30 para el examen de sangre; nada más.

Había olvidado la cita, caramba.

El mensaje es de las 21.34. No lo oyó. Estaba tan profundamente dormido.

Se incorpora. Va con premura hacia el sanitario.

Josefin ha abierto una rendija. Puede que se le haya pasado el enojo y ahora se arrepienta de su súbita decisión de echarlo del apartamento.

Mientras orina se pregunta cómo debe responderle, cómo restablecer el puente.

Le escribirá ahora mismo.

Va a la cocina. Bebe dos vasos de agua.

Necesita aclarar su mente, encontrar las palabras precisas. Sus mensajes anteriores la conmovieron.

Se preparará un café, pero antes debe comer algo. Se quedó dormido sin cenar; su estómago aún está resentido.

Tratará de hablar con ella en el hospital, claro.

Abre el refrigerador: fantasea con que Josefin aparecerá temprano en la mañana y le pedirá disculpas por haber reaccionado de una forma tan impulsiva, que el descubrimiento que padece hepatitis la afectó y no pudo manejar la situación. Su fantasía lo reconforta; se aferra a la posibilidad de que eso suceda: el arrepentimiento de ambos y la reconciliación.

Prepara un sándwich con queso crema, jamón serrano y pepinillos.

Deja el plato sobre la mesa del comedor y se dirige al

estudio por papel y lápiz. Debe escribir un borrador del mensaje, escoger cada palabra con pinzas. Escribirá primero en español una lista de ideas y luego se abocará a la redacción en inglés.

La primera palabra que escribe es «amor». Le dará las gracias por recordarle la cita para el examen de sangre. Estará puntual en el hospital. Le dirá que espera que ella haya escuchado y leído sus mensajes, y comprenda que él se arrepiente profundamente de lo sucedido. Que deben conversar lo antes posible para superar esta crisis. Que pueden encontrarse en el hospital cuando él llegue para someterse al examen. Que de todo corazón quiere estar junto a ella para apoyarla en la enfermedad...

Se detiene. ¿Y si él también está infectado?

Una vez que termina el mensaje, duda si enviarlo a esa hora de la madrugada. ¿Pensará ella que él se ha ido de farra y que hasta ahora no regresa al apartamento? Se apresura a incluir un renglón en el que le dice que ha dormido a saltos, que por eso no le respondió de inmediato. Entonces lo envía. Y permanece un rato a la espera.

Vuelve al dormitorio. Observa el lugar donde defecó. Le parece percibir un resto de hedor y que la leve mancha reverbera. ¿Será su imaginación, su miedo, su culpa?

Pero está muy cansado para hacer una última limpieza.

Pone el despertador del teléfono a las 7.00 am. Se mete bajo las cobijas. Trata de recordar lo que estaba soñando cuando despertó una media hora atrás: tiene la certidumbre de que era importante, que había una especie de mensaje en ese sueño, pero su incorporación brusca lo borró. Debió haberse quedado inmóvil unos minutos en el sofá, a la espera de que el sueño se grabara en su memoria. Se le viene la imagen de Dila, la mesera turca: el resplandor de su piel, la cabellera frondosa, el precioso culo embutido en los pantalones. Entra en la duermevela.

13

DE CUANDO LA RUTINA COLAPSA

Lo despierta la alarma. Ningún mensaje de Josefin en la pantalla.

Entra al baño. Tiene una baba asquerosa en la boca; el aliento macerado. Cepilla frenéticamente sus dientes; luego hace gárgaras. No se rasurará la barba a medio crecer. Así le gusta a Josefin, como alfombrilla. Eso le ha dicho. Se aposenta en el inodoro, pero luego de un par de minutos comprende que nada saldrá, que ha alterado la rutina de su tripa. No es la cita para el examen de sangre la que mueve sus actos, si no la expectativa de reunirse con Josefin.

Cuando empieza a vestirse descubre que está sudando, las axilas empapadas: reconoce las toxinas del alcohol que buscan salir por donde sea.

Revisa el buscador en su teléfono: tomará el tren de las 7.49, llegará a Skanstull a las 8.06, y ahí podrá abordar el autobús de las 8.12 que lo dejará a las 8.19 a la entrada del hospital –son sólo tres paradas.

Pero debe apresurarse. No cocinará la avena que toma cada mañana. La convirtió en su desayuno desde que comenzó a vivir con Josefin. Sólo prepara un café.

Su mente está agitada. Si el examen revela que está contagiado, que Josefin lo infectó con la hepatitis C, ella se sentirá culpable, no tendrá más remedio que retomar la relación. ¿O dirá ella que él la ha contagiado?

La ansiedad lo trae apretado. Y ahora que se conduce en el vagón del tren la imagen se repite una y otra vez: los resultados muestran que está contagiado, Josefin le achaca ser el origen del mal, el culpable, y mantiene la exigencia de que salga hoy mismo del apartamento.

El tren va lleno; es hora pico. Pero nada entra por su mirada vacía, hasta que saca el teléfono del bolsillo en busca de un mensaje de Josefin.

Sigue transpirando.

¿Cuánto tardará en saber el resultado del examen? Cosa de minutos. Josefin trabaja en el hospital y pedirá que le informen en cuanto estén listos.

Siente que le falta el aire; como si el miedo de estar contagiado le presionara los pulmones.

Repara en la pareja de chicas lesbianas sentadas frente a él: una de ellas está rapada, con la típica pinta de quien sufre un tratamiento de quimioterapia; van tomadas de la mano. Lo miran de forma rara.

Tiene unas intensas ganas de ponerse de pie y salir del vagón. Observa el amontonamiento de usuarios de pie que bloquean las puertas. Le costará abrirse paso. Comienza a respirar rítmicamente. No puede perder el control.

¿Cuál es la siguiente estación?

Su mente es un barullo. Hace tiempo que no padecía este pánico.

Se pone de pie de un salto, ante la sorpresa de los otros pasajeros. Y entonces recuerda que esta mañana no tomó la

Piruxetina ni el ansiolítico. ¿Es posible?... ¡Qué imbécil! ¡Cómo se le pudo olvidar! Culpa de las prisas.

Es demasiado tarde para regresar al apartamento. Perdería la cita, la posibilidad de hablar con Josefin.

Sudoroso, a paso rápido, con la mandíbula y los puños tensionados, sube la cuesta del hospital. Prefirió venir caminando desde la estación de metro. Lo intimidó la aglomeración de gente en la parada de buses.

Su corazón late a un ritmo rápido; se siente frágil, vulnerable.

Es lo primero que le dirá a Josefin: que considere que él no ha tomado las pastillas. Esa idea, contarle su predicamento a boca de jarro en cuanto se encuentren, ha venido sonando en su cabeza mientras avanzaba por la calle Ringsvägen rumbo al hospital.

Cruza el inmenso hall entre decenas de personas: unas van o vienen del área comercial; otras rodean la caseta de información; tres mujeres hacen fila frente a un cajero automático.

¿No sería buena idea asomarse a la cafetería que esta frente a la farmacia en busca de Josefin? Pero supone que ella aparecerá por el laboratorio una vez que él se anuncie.

Se encamina por el pasillo.

Cada vez que encuentra una enfermera uniformada siente las palpitaciones, la ansiedad que transpira.

Entra al lobby de los laboratorios. Una media docena de personas espera, la mayoría sentada y uno de pie, revisando sus teléfonos celulares.

Se dirige al mostrador a anunciarse.

La recepcionista es rubia platinada, de grandes ojos azules, la piel bronceada y con una pelusilla dorada en unos brazos que lo deja atónito. No puede dejar de observarlos, excitado, con ganas de lamerlos, paladearlos.

Ella busca su nombre en la computadora y le dice que tome asiento, que pronto lo llamarán.

Le pregunta si le hará saber a Josefin que él ha llegado.

¿Perdón?, dice la recepcionista, sin entender.

Josefin Andersson es su pareja, una enfermera destacada ahora en el área de oncología, que si por favor le puede comunicar que él ha llegado.

La chica lo mira con desconcierto.

Pero escribe el nombre de Josefin en la computadora; luego, marca en el teléfono.

Habla en sueco, claro. Erasmo no entiende. Aprovecha para deleitarse contemplando la pelusilla de sus brazos.

La recepcionista cuelga. Le dice, con suspicacia, que Josefin está de baja, que no se encuentra en el hospital.

Queda perplejo, boquiabierto. ¡Cómo se le pudo pasar por alto! ¿De dónde sacó la idea de que ella trabajaría un par de días más? ¡Si ayer incluso salió antes de la hora a causa de la hepatitis!... Y ahora ¿cómo hará para encontrarla?... La recepcionista le pide de nuevo que tome asiento, que enseguida le llamarán para hacerle su examen.

Y esta imbécil ha de creer que él es un impostor, que no es pareja de Josefin. Si fuese su compañero sabría que ella está de baja. Seguramente les irá con el cuento a los del laboratorio, lo harán esperar un mundo y luego lo tratarán con suspicacia.

Se retira hacia el lado de la entrada; permanece de pie. Uno que otro paciente lo mira de reojo.

Padece un acceso de comezón, pero dentro del cuerpo, como si hordas de insectos estuviesen mordiendo sus terminales nerviosas. Sigue transpirando.

No resistirá la espera. Tiene el impulso de largarse.

Entonces aparece por el corredor un tipo que lo saluda; viste uniforme azul oscuro y lleva un trapeador en la mano. Le toma un par de segundos reconocer a Jairo. Se apresura a decirle que ha venido a hacerse un examen de sangre, que pronto lo llamarán, qué casualidad encontrárselo.

Koki me dijo que andas buscando un lugar donde quedarte por unos días...

Erasmo afirma agitando de cabeza.

Y dice: Hemos quedado de vernos esta tarde en el Hank's Heaven. A las 4.00. ¿Venís?

Jairo asiente, ya Koki lo ha convocado; se mesa la barba.

Erasmo repara en el gafete que aquél porta en el pecho: su apellido es Carbonell.

¡Yo tuve un compañero en el bachillerato con ese mismo apellido!, exclama, como si esa coincidencia fuese motivo para celebrar.

Jairo le dice que debe seguir su camino, aún le quedan varias horas de trabajo, se verán en la tarde, y enfila por el corredor.

Lee el mensaje de Josefin mientras cruza el lobby del laboratorio clínico: «A las 9.00 en la cafetería Bröd & Socker, calle Rosenlundsgatan, frente a la estación Södra». El mensaje entró unos minutos atrás, cuando la laboratorista iraquí le estaba sacando sangre del brazo. Por eso quizá no sintió la vibración del teléfono. Son las 8.50. Revisa el mapa del buscador: caminando, llegará en seis minutos. Es frente a la estación donde tomaron el tren hacia Mälmo, cuando visitaron a la familia de Josefin.

14

EL DESAYUNO DEL ADIÓS

Si lo ha citado tan cerca del hospital, quiere decir que se está quedando en la zona, o que aún tiene pendientes que resolver para su tratamiento, o que ha estado ahí todo el tiempo, aunque la negaran por el teléfono. Por eso le envió el mensaje en el preciso instante en que le estaban sacando sangre, cuando no podía responder. ¡Eso fue!... Está jugando con él; lo tiene de los huevos. Sabe que él carece de amigo alguno en Suecia, nadie a quien recurrir, que con sus ingresos por las traducciones jamás podría rentar un apartamento, ni siquiera una habitación. Lo está tirando a la calle.

Camina deprisa, succionado por sus pensamientos, gesticulando, enfebrecido, mascullando para sí, sin enterarse de nada de lo que le rodea.

Y el tal Jairo ¿qué hacía ahí? ¿Por qué apareció en el preciso instante en que él esperaba en la clínica? ¡El hospital es inmenso! No puede haber coincidencia en eso. ¿Y si ella lo envió para constatar que él ya estaba ahí?... ¿Cómo?... Claro, él le contó sobre los dos empleados de la limpieza, el salvadoreño y el colombiano, desde la primera ocasión en que se los encontró en el Hank's Heaven. Nada más fácil para ella que contactarlos en el hospital. ¡Por eso le puso la cita a la hora precisa, porque lo tenía controlado sobre el terreno! Y ahora recuerda que Koki apareció ayer en la tarde frente la entrada del metro precisamente cuando ella se acababa de largar...

Cruza la calle, recorre el corto puente y se detiene frente a la cafetería.

Está empapado de sudor, como en un verano tórrido y no bajo una temperatura de 14 grados. Se quita la chaqueta; los sobacos le hieden.

Jala la puerta.

Está sentada a un costado de la barra de ensaladas. Tiene una pequeña libreta de notas abierta sobre la mesa, junto al plato, la taza, el vaso.

Él se abalanza con la intención de saludarla con un beso, pero la expresión de ella –helada, severa– lo para en seco.

Repara en las ojeras, en los mechones desaliñados fuera de la cola de caballo, en la sudadera gris que normalmente usa sólo cuando está en casa.

Ella le indica que debe pagar su pedido por adelantado en la caja registradora.

Quiere gemir, abrazarse a ella, implorarle que lo perdone. Pero enfila hacia la barra.

Toma un plato. Le tiembla el pulso. Se sirve granola, banano, melón, kiwi y yogurt. Teme tropezarse.

Ella lo observa desde la mesa.

En la caja registradora, pide un expreso doble. La señora le dice que se lo llevarán a la mesa.

Le cuesta acomodarse en la silla. Tiene una intensa comezón en el ano.

Le pregunta dónde pasó la noche, tratando de aparentar naturalidad, como si nada hubiese sucedido entre ellos.

La expresión del rostro de ella es inmutable; su silencio ante la pregunta, también.

Entonces él exclama: ¡Olvidé tomar las pastillas esta mañana! No me siento bien. Perdón…

Ella lleva la taza de café a sus labios.

Enseguida comienza a hablar, despacio, en un tono neutro, como si repitiese un parlamento varias veces practicado y al que ha despojado de emociones. Dice que su reacción, la tarde anterior, fue precipitada, en especial lo del ultimátum para que él abandone el apartamento, pero que no pudo evitarla porque estaba muy dolida y enojada, y no era momento para que conversaran.

Erasmo logra sostenerle la mirada, quisiera encontrar un resquicio, una luz que le diera la certeza de que nada ha cambiado entre ellos.

Pero el fondo de la decisión fue correcto –prosigue ella–: la relación ha terminado. Y deben buscar una salida.

Él apela con premura: no es posible terminar la relación por una acción estúpida, inconsciente, que él lamenta profundamente, que nunca había sucedido ni volverá a suceder.

Un chico aparece al lado de Erasmo con el expreso doble en la mano.

Le pide que por favor no la interrumpa, que la deje terminar, que escuche lo que ella tiene que decirle, y luego ella lo escuchará a él.

Erasmo aprieta los labios, frunce el ceño y se encorva sobre la mesa, dispuesto a ser regañado. Remueve el café.

Lo que sucedió el día anterior fue la gota que derramó el vaso, dice ella. La sorpresiva noticia sobre su enfermedad hizo explotar la crisis, pero la relación ya venía colapsando desde varios meses atrás...

Él otea hacia las mesas vecinas, sin fijarse en nadie, sin ganas de escuchar, sino de repetir sus disculpas, y que de una buena vez cierren el incidente y retomen su relación donde estaba antes de la cagada. ¿Dónde ha dormido? ¿Por qué no quiere decirle dónde pasó la noche?

La relación de pareja ha terminado, repite Josefin, sin énfasis. Vivir con él la afecta de forma negativa. Se acabó.

Erasmo tiene la impresión de que el aire a su alrededor se adensa, que de pronto le es difícil aspirarlo. ¿Será que ha iniciado una nueva relación y no quiere decírselo? Pero ¿con quién?

A él nada le entusiasma, nada le interesa, dice Josefin. Ella pensó que saldría pronto de esa indolencia, de ese aplatanamiento, pero se equivocó. No quiere seguir en una relación con alguien que está sumido en una rutina –si no depresiva, porque las pastillas lo mantienen a flote– de conformismo, que no hace nada por salir de su postración. En sus ocho meses en Suecia no ha hecho ningún esfuerzo por integrarse a la sociedad, por aprender el idioma, y sin el idioma siempre habrá una excusa para no buscar un empleo que le permita despertar otra energía, hacer amigos, formar parte de un grupo que no sea el de ella. Todo le da pereza, hasta para los trámites migratorios ha sido ella quien ha empujado...

Erasmo observa la libreta de notas cerrada sobre la mesa. Seguramente contiene el listado de las cosas que le está achacando, el plan, porque Josefin siempre hace un plan para todo, para lo de mañana y para lo que pasará en seis meses. Erasmo detesta hacer planes, odia cuando ella le dice «tenemos que hacer un plan»; él nunca ha hecho planes, va contra su sentido de la vida.

Josefin continúa: No ha aprovechado el tiempo ni siquiera para terminar ese ensayo sobre el poeta salvadoreño en el que trabajaba cuando se conocieron en Merlow City. Ha hecho a un lado por completo su pasado de historiador y periodista. Ella no necesitaría hurgar en los archivos de su computadora para darse cuenta de que él ha abandonado ese proyecto, que no habla de ese texto porque ya no le importa. Pero tampoco tiene ningún otro proyecto que le insufle entusiasmo a su vida.

Erasmo observa su plato de yogurt con fruta; lo hace a un lado. El estómago se le ha cerrado. Lo que le apetecería son unos huevos rancheros, eso se le ocurre, que unos huevos rancheros le abrirían el apetito, le ayudarían a reponerse, a enfrentar los cargos que está mujer le hace.

Ella no le está reclamando nada, que le quede claro, dice, en el sentido de que tenga esperanzas de que él vaya a cambiar. Nada de eso. El tiempo se terminó. Y a ella se le apagó la llama. El descubrimiento de su enfermedad ha permitido que cada cosa caiga en su sitio, que ella comprenda, y el comportamiento de él, el día anterior, sólo ha venido a ratificar la situación.

De lo que se trata ahora, continúa, es de encontrar una solución rápida.

Deshacer el entuerto, piensa Erasmo, ésa es la frase que se le queda pegada y gira veloz en su mente mientras escucha, deshacer el entuerto. Bebe un sorbo de café. Lo más seguro es que su nuevo amante sea otro médico –gallina que come huevo, aunque le quemen el pico. Nunca hubiera podido descubrirla. Hubiera tenido que vigilarla.

Quizá el tipo está aquí en la cafetería, observándolos; ella lo pudo haber traído en previsión de que Erasmo tuviese una reacción imprevista.

Voltea hacia las mesas vecinas, ofuscado.

Josefin lo observa; aprieta el ceño y mueve ligeramente la cabeza con desaprobación.

Que en cuanto regrese al apartamento debe tomar los medicamentos, dice ella. Con eso no se puede estar jugando, menos en este momento.

No lo hice a propósito, reacciona Erasmo. Me quedé dormido al final de la tarde y no desperté hasta la madrugada... El horario se me rompió.

Josefin llena la cuchara de fruta, pero enseguida la deja en el plato.

Y dice, despacio, casi silabeando las palabras, con una mirada capaz de horadarlo: No quiero someterme al tratamiento contra la hepatitis a tu lado. Tu compañía haría más difíciles las cosas. Se me dificultaría la recuperación. Prefiero estar sola. Así de simple. No quiero ser cruel, pero es la verdad.

¿Y si yo estoy contagiado?, masculla Erasmo, entre dientes, conteniendo un alarido de desamparo, o de rabia. ¿Qué?

En caso de que el resultado sea positivo, ése será otro problema por resolver, dice Josefin, bajando la voz y aguzando la mirada, como si ella fuese la única que resuelve los problemas. Y lo sabrán pronto.

El plan escrito en la libreta de notas es sencillo: deshacerse de él. No le cabe duda. Le está cerrando todas las puertas.

Ella hace a un lado la taza y el plato vacíos.

Estás ante una encrucijada. Si quieres quedarte en Suecia deberás encontrar de inmediato donde mudarte.

Claro que no es competencia de ella opinar sobre lo que él quiera hacer con su vida, pero le parece que en Estocolmo está como pez fuera del agua, que lo más prudente sería regresar a Latinoamérica. Ella se equivocó al creer que la venida a Suecia, a un país completamente distinto, con una cultura diferente, le ayudaría a salir del estado de postración en que lo sumieron los incidentes en Merlow City. Lo que él necesita es volver a friccionar sus fuerzas en el medio que ya conoce, donde pudo salir adelante de sus anteriores crisis, donde tiene el conocimiento acumulado para recomponerse. Permanecer en Suecia le facilita seguir sintiéndose víctima, aplatanado, sin la exigencia de enfrentar la vida como antes estaba acostumbrado a enfrentarla. Si toma la decisión de regresarse –dice antes de ponerse de pie–, ella le podría ayudar con el boleto.

Tembeleque, Erasmo también se pone de pie.

Encontrar un sitio donde mudarse o comprar un boleto, ésa es la cuestión.

Ella llegará al apartamento a las cinco de la tarde, anuncia mientras se pone la chaqueta. Para entonces él tendrá que haber tomado una decisión.

Mentira, piensa él. Pero nada dice; teme que se le quiebre la voz, perder el control. No hay encrucijada. No existen dos rutas. Tiene que largarse. Y ella lo sabe. Por eso le ofrece apoyo económico para comprar el boleto. Quiere deshacerse de él de inmediato.

Josefin se despide con un movimiento de cabeza corto, seco, distante, y camina hacia la salida.

Erasmo se deja caer de nuevo en la silla, desvalido.

¡Cómo no la vio venir! ¡Cómo pudo ser tan ciego! Eso se recrimina mientras va de regreso hacia la estación del metro. Ajeno al acontecer de la calle que recorre, succionado por un remolino de emociones turbias –de los celos a la rabia, a la sed de venganza, al miedo, a la autoconmiseración–, su fantasía también se desboca: al regresar a casa encuentra a Agnes, con quien en un arrebato apasionado termina acostándose, Josefin los descubre por sorpresa en la cama a media tarde y los echa furiosa a la calle, por lo que Agnes le propone a Erasmo que se vaya con ella a Copenhague; pero enseguida rebobina película, y la secuencia se repite sin que Josefin se entere, una venganza más fina irse a vivir con la hija sin que la madre se entere…

Baja apresurado las escaleras de la estación. Le urge regresar al apartamento a tomar las pastillas. Es la prioridad. Hasta entonces su mente no se aclarará, sino que seguirá en el barullo, a mil por hora.

Ahora no le cabe la menor duda de que ella está con otro. ¿Desde cuándo habrá iniciado esa relación?

Entra ruidoso el tren hacia Farsta. En tres minutos vendrá el de Hagsätra, anuncia la pantalla luminosa que pende del techo de la estación.

Se pasea por el andén, gesticulando, hablando solo.

Todo está relacionado por hilos invisibles. ¡Claro! –se lleva la palma de la mano a la frente–. Por eso defecó. No es la primera vez que le sucede. Cuando un peligro lo acecha, su colon le avisa. La última vez fue en Washington, un año atrás, mientras investigaba en los Archivos Nacionales el caso del poeta Roque Dalton. Entonces un equipo de la CIA o del FBI le hizo seguimiento sobre el terreno, sin que en un principio él lo notara, pero su colon sí lo percibió, por eso luego de salir de una librería le entraron unas inusitadas ganas de cagar, tan intensas que debió meterse al primer restaurante que tuvo a mano, en carrera hacia los sanitarios.

Ahora Josefin estaba decidida a deshacerse de él de una forma u otra. Su colon olfateó el peligro. Por eso se levantó como sonámbulo a defecar en el rincón de la habitación. Y la cagada inconsciente sólo vino a servirle a ella de excusa. Quizá hasta lo de la hepatitis sea un invento...

¿Será posible? Permanece estupefacto a la espera de que se abran las puertas del vagón. Da el paso con vértigo.

15

TOCANDO PUERTAS

Está sentado frente al ordenador.

Tiene los nervios a flor de piel.

Tomó las pastillas al regresar de la cita con Josefin, pero sigue alterado, el desasosiego lo obliga a ponerse de pie con frecuencia, a caminar con pisada fuerte hacia la cocina o hacia el baño y enseguida regresar al estudio; su mente es un borracho que corretea en círculos.

Del hospital le llamaron después del mediodía: no tiene hepatitis C. La notificación escrita le llegara por correo en un par de días.

Sintió un alivio enorme, como si hubiese sido perdonado antes de subir al cadalso. Pero enseguida quiso correr, escapar, estar en otro sitio.

Ha logrado recuperar en sus archivos la carta modelo que les envió a sus amigos diez meses atrás, desde Merlow City, cuando buscaba una soga para salir del pozo y Josefin aún no le ofrecía posada. Le añade pequeños detalles acordes a cada uno de los destinatarios: Moya, el Sordo Linares y el Chino en El Salvador; el compadre Toto y la Leti en Guatemala, el Negro Félix y el Flaco Rosa Castillo en México. Y enfatiza en la urgencia.

Alguien tendrá que responder. Eso espera.

En aquella ocasión, algunos de ellos dieron señales de vida, alentadoras, pero él ya se estaba enrollando con Josefin. Y entre regresar a Centroamérica en busca de un empleo o enrumbar hacia Suecia con ese mujerón, no tuvo dudas.

Imbécil. Siente como si una agrura le bajase desde el pecho hasta el vientre, como si se le retorciera el ánimo.

Cómo pudo llegar a este punto en su vida, en el que su relación con el mundo, su sobrevivencia, depende de una mujer. En qué momento entró en ese estado de inanidad, de apatía, que lo desconectó de lo que había sido, del mundo al que había pertenecido. Dónde están las causas de su desvarío vital, de su ruta trastornada en la que su voluntad ha sido como la del perro que sigue entusiasmado y agitando la cola a la peatona que le ha tirado un poco de comida.

Es la segunda ocasión en que cae en la misma trampa. Parece mentira. No aprende. Siete años atrás sufrió una situación semejante con Petra, cuando ésta le puso el ultimátum para abandonar el apartamento en Frankfurt, porque él se negaba a preñarla. Y qué bien hizo, Dios santo. La vida que llevaría si eso hubiese sucedido...

Son las 3.07. Josefin llegará a las 5.00.

Esta mujer no se echará para atrás, no está jugando a llevarlo al límite. Va en serio. Eso lo sabe.

Tendrá que largarse, pero ha perdido reflejos.

Ante el ultimátum de Petra, reaccionó con rapidez. Veía venir el trancazo. Y contaba con amistades en Frankfurt, gracias a que impartía clases de salsa, sus alumnas lo sacaron de apuros.

Pero ahora está hundido en la mierda.

Culpa de los gringos y de la niña pervertida guatemalteca que lo acusó de haber abusado de ella. Lo quebraron.

Y tampoco esperaba que Josefin le pegara semejante zancadilla.

¿Cómo terminó en este país detrás de una mujer? No puede creer que esté viviendo de nuevo esta situación.

Luego de Petra, se había hecho a sí mismo la promesa de nunca volver a cometer tal desatino, que jamás se iría enculado de una mujer, dejándolo todo, para comenzar una supuesta nueva vida. Y aquí está. Como si fuese un sonámbulo. ¿Podrá rehacer su vida de nuevo?

Abre la página de su cuenta bancaria: tiene 8.317 coronas suecas. No llega a los mil dólares. Pero están los otros 2.100 dólares en efectivo, los que pudo guardar cuando salió de Merlow City. Los tiene escondidos en el compartimento superior del clóset de la habitación, en el bolsillo solapado de su maleta azul. Josefin no sabe de ellos.

Se le acelera el pulso.

Sale con rapidez de su cuenta bancaria, cierra el safari y desconecta el wifi en la laptop. Se dirige apurado hacia la habitación. Jala una silla, trepa en ella, corre la portezuela del clóset y hurga dentro de la maleta. Alcanza a tocar el sobre con el dinero.

Escribe en el buscador: «cheap plane tickets». No tiene visa de entrada a México. En El Salvador se vería obligado a enfrentar viejos fantasmas, enemigos que se regocijarían con su regreso con la cola entre las patas. Y también tendría que encarar a su madre, padecer su perorata, darle explicaciones de por qué ha desaparecido por diez meses, de por qué no le ha enviado un peso. De lo que se preocupa; parece mentira que tenga cincuenta y un años.

Volará a Guatemala. Su compadre Toto no le fallará, aunque tengan cuatro años de no verse. Ya lo ha ayudado a salir de apuros en más de una ocasión. Y fue quien le insistió que regresara a Guatemala, que había un nuevo proyecto periodístico en marcha, luego de que lo corrieran de Merlow College.

Siente un hormigueo en las piernas, la boca reseca, el mareo, el zarpazo del pánico.

Se le ha subido la presión.

Apresurado se levanta de la silla. Saca el pastillero del chinero. Entra a la cocina a servirse un vaso de agua. Toma tres pastillas Lexotán. No ingería una dosis de ansiolíticos tan alta desde que cayó en manos del FBI en Merlow City.

Necesita tranquilizarse por completo. Tiene que hacer un plan, tal como Josefin ha hecho el suyo. Le pedirá al menos una semana de gracia para organizar su salida del país. Él puede dormir en el sofá; prometerá no estorbarla.

Regresa a la silla del comedor, a revisar la página de boletos baratos. Busca opciones para viajar en un rango de una semana. El vuelo más barato a Guatemala le cuesta 7.799 coronas, con transbordos en Madrid y en Miami. Más de 800 dólares. Carísimo. Vale lo mismo redondo que sólo de ida. Y tendría que salir en seis días. ¿Será suficiente?

Trae una hoja de papel del estudio: apunta las tres opciones más asequibles. Josefin dijo que lo ayudará con parte del boleto; querrá ver las opciones por escrito.

Hija de su reputa madre. Seguro que todo lo ha planeado al detalle. Él tendría que proceder en consecuencia. Pero el desasosiego le impide concentrarse.

Duda si debe acudir a la cita con Koki en el Hank's a las 4.00. Le urge saber si su compatriota ha conseguido a alguien que le dé posada por unas noches, pero al mismo tiempo teme que una cerveza lo haga pisar el cable de nuevo. Y luego, a las 5.00, vendrá Josefin. Y si le percibe aliento alcohólico, se endurecerá.

Cierra la laptop y la lleva, con las hojas de papel, al escritorio en el estudio. Deja todo en orden. La idea de que es un invitado, alguien de paso que ya debe partir, comienza a abrirse espacio en su cabeza.

Se detiene a comprar un tubito de pastillas de menta en el Pressbyrån, la tienda a la entrada del metro. No está ninguno de los dos árabes melenudos que usualmente atienden, sino una chica blanca muy guapa, aunque con el rostro maltratado propio de quien mucho trasnocha. La ha visto un par de veces con anterioridad, desde la terraza del café o desde la banca en la explanada; ella sale de la tienda a fumar con frecuencia. Se le ocurre que podría tratar de enredarse con ella, encontrar una ilusión, una coartada para quedarse. Pero ella le entrega el vuelto, inexpresiva, sin siquiera mirarlo a los ojos.

Sale a la explanada. Tiempo nublado. La gente camina deprisa. Piensa con asombro cómo ha cambiado su vida en veinticuatro horas. Como si la burbuja en que vivía de pronto se hubiese roto. Eso es. Se echa una pastilla a la boca.

Entonces ve a las tres adolescentes, en conciliábulo cerca de una de las bancas, y enseguida lanzadas al acecho de un trigueño rapado y robusto al que tratan de convencer de que les compre cigarrillos en el Pressbyrån, que a ellas no les venden. Rubias, las cabelleras desaliñadas, los pantalones holgados y los vientres al aire bajo las camisetas, como uniformadas por la moda, rondan los quince años, mascan chicle y escupen con frecuencia. A él lo abordaron de la misma forma tiempo atrás: les dijo que no hablaba sueco, pero entonces le pidieron el favor en inglés tendiéndole el dinero. Él temió una celada; se disculpó, dijo que no podía hacer nada fuera de la ley por su condición de extranjero, y aunque insistieron en que nada le sucedería, se les escabulló. Luego se sintió tonto, no como el trigueño rapado y robusto que ha tomado las monedas y ahora pasa a su lado hacia el Pressbyrån. ¿Y si les hubiera dicho que compraría los cigarrillos a cambio de una mamada, de cualquiera de la tres? Se regocija de la ocurrencia, pero enseguida se recrimina que es un imbécil, las tonterías de adolescente que pululan en su cabeza...

Enfila hacia el Hank's. Entra a la penumbra. Casi todas las mesas están ocupadas.

Koki está al fondo, cerca de las máquinas tragaperras. Tiene la pared por respaldo y las piernas estiradas a lo largo de la banca mientras observa la pantalla de su teléfono. Un vaso de cerveza yace sobre la mesa

Alza la vista.

¿Qué ondas, maestro?, lo saluda.

Erasmo se acomoda.

Es la primera vez que lo ve sin la cola de caballo: la melena con mechones canosos le cae rizada sobre los hombros. Parece un indio comanche, con el chaleco de mezclilla azul y la chaqueta de cuero negro.

Le pregunta si no va a tomar algo.

Erasmo responde que más al rato, no se ha recuperado completamente.

Hoy te ves mejor, dice Koki. Pero ayer me asustaste.

Se me mezcló todo: el guaro, las pastillas y el problemón con la mujer.

Koki hace una mueca de desagrado, como si hubiese tragado saliva amarga.

Está cabrón, dice.

Y se incorpora en la banca, sentándose de cara a Erasmo.

A espaldas de Koki, un hombre alto y corpulento, con overol naranja de obrero de la construcción y pinta de balcánico, juega en la tragaperras. Los ve de reojo.

¿Hubo o no hubo?, pregunta Erasmo.

Koki bebe un trago de cerveza.

Todavía no, dice. He mandado mensajes, pero la mayoría de la gente a la que conozco tiene apartamentos diminutos como el mío o tiene familia... Aún no sale nada.

Lo suponía, dice Erasmo.

El problema de la vivienda es jodido en esta ciudad. Además, nadie te conoce. Es más difícil.

Pues sí...

Y para terminar de joder, no estás en Facebook. A la gente le parece raro. Tendrías que crear una página, contar sobre tu vida, poner fotos, para que la gente tome confianza.

En otra circunstancia le diría que no sea bestia, que lo que menos le interesa es que la gente sepa de su vida.

Le queda aún el regusto de la pastilla de menta. Repasa lo que ha comido durante el día: el yogurt con frutas que desayunó con Josefin, y luego el bistec con papas y cebolla que se preparó al mediodía, necesitado de proteínas.

A ver qué nos cuenta Jairo, dice Koki. Tal vez por su lado se abre una posibilidad. Vendrá al rato.

Me lo encontré en el hospital esta mañana, menciona mientras se pone de pie.

Se encamina hacia la caja registradora.

El sirio más viejo lo atiende.

Aunque toma la botella y el vaso con cierto resquemor, se ha convencido de que una cerveza le ayudará a negociar con Josefin. No tiene otra opción.

Que ibas a hacerte exámenes clínicos, me dijo.

Erasmo vierte la cerveza en el vaso.

Me voy a regresar, masculla.

¿Cómo?, reacciona Koki, aguzando el rostro, como si se hubiese perdido lo dicho por Erasmo a causa del ruido en el bar.

Éste toma un sorbo. Lo paladea con placer. Su primera resaca en casi un año.

Necesito que me den posada sólo por unos pocos días mientras cierro mis asuntos acá y luego me voy.

Koki lo observa, incrédulo.

¿Adónde? ¡¿A El Salvador?!

No exactamente. A Guatemala. Tengo una posibilidad de trabajo.

Lo ha dicho con seguridad, como si su esperanza fuese una certeza, como si le hubiesen hecho un ofrecimiento de empleo irrechazable. Bebe un largo trago de cerveza y chasca la lengua.

Estás loco..., exclama Koki, consternado. A que te jodan las maras vas, a vivir a salto de mata.

En Guatemala no son tan fuertes como en El Salvador.

Son iguales.

Ninguna imagen le viene a la memoria de sus estadías en ese país, sino un miedo animal que le reseca la boca. La seguridad que creía tener unos segundos antes se ha esfumado. Bebe con aprensión otro sorbo.

Ahí viene Jairo, anuncia Koki, mirando hacia la entrada y alzando la mano.

Jairo se detiene frente a la caja registradora a pedir una cerveza.

Aquí podrías hacer tu vida, aunque no estés con ella. Si ya tenés permiso de residencia, no te costará conseguir uno de trabajo…

Jairo se sienta al lado de Koki.

¿Cómo te fue en la mañana?, le pregunta a Erasmo.

Responde que bien, era un examen rutinario de sangre.

Aquí el compadre se quiere regresar a Guatemala sólo porque la mujer lo está echando a la calle, se apresura a decir Koki, aún incrédulo, alarmado.

Jairo alza las cejas y, abriendo un poco la boca, deja salir un «oh» de sorpresa. Enseguida dice: ¿Y eso?

Erasmo se encoje de hombros. Su vida ha consistido en dar explicaciones, piensa.

¿Alguien te ha respondido si le puede dar posada?, pregunta Koki

Mesándose la barba, Jairo afirma con un movimiento leve de cabeza.

Hay una posibilidad: El Marlon. Me responderá mañana.

¡¿El Marlon?!, exclama Koki, con el rostro contraído, como quien huele excrementos.

¿Qué pasa con él?, pregunta Erasmo.

Un cabrón que no para de hablar de lo mismo. Repite y repite la misma cantaleta sobre su exmujer, dice Koki, aún con el mohín en el rostro. Y con gesto brusco se empina el vaso de cerveza.

Jairo tercia: Es un colega mexicano del hospital. Buena onda. Lo que pasa es que aquí con el maestro hacen cortocircuito.

No para de hablar de lo mismo, insiste Koki con enfado, limpiándose la boca con el dorso de la mano. La historia de su exmujer que lo echó del apartamento, que le quitó por irresponsable y borracho la patria potestad del hijo, que después fue a comprar semen a Dinamarca y ahora está preñada de un desconocido... Ha quedado traumado el pobre cerote. Eso pasó hace más de seis meses y sigue hablando de lo mismo. Insoportable, agrega, tajante.

Pero Erasmo se ha desentendido: la mención del hospital lo empujó de golpe al recuerdo de Josefin... Apura su cerveza.

Observa a sus compañeros de mesa, a la clientela envejecida y decadente del bar, a los sirios abstemios que atienden tras la barra. Se pregunta, con un sacudimiento interior, qué hace ahí, cómo pudo extraviar su camino de tal forma que ha venido a terminar en ese mugroso antro, junto a tipos con los que no tiene nada en común, en una ciudad oscura y hostil, entre gente que habla una lengua que él jamás entenderá, detrás de una mujer a la que –ahora lo descubre– desconoce y que ha decidido deshacerse de él sin miramientos.

¿Leíste sobre los rumores de que este nuevo gobierno de izquierda quiere negociar una tregua con las pandillas?, le pregunta de súbito Koki, indignado.

Erasmo lo mira como si no hubiese entendido lo que dijo.

Me tengo que ir, murmura, y toma un resto de cerveza antes de ponerse de pie.

16

LA TRANSACCIÓN

Entra al apartamento diez minutos antes de la cita. Josefin no ha llegado aún. Se dirige de inmediato al baño a cepillarse los dientes. Hace gárgaras con el enjuague bucal. Se observa en el espejo: tiene unas intensas ganas de llorar.

Va al estudio por la hoja en la que apuntó el precio de los boletos y también los temas para hablar con Josefin. Sabe que lo del tal Marlon es un espejismo, ese mexicano a quien, tal como lo describió Koki, no tiene ganas de conocer, mucho menos trasladarse a vivir al sofá de su apartamento.

Pero la necesidad tiene cara de perro con rabia. Dependerá de lo que decida Josefin; ha dependido de ella desde que la conoció en la clínica de Merlow City.

Entra a la cocina. Se sirve un vaso de agua y se queda de pie frente a la ventana, con la mirada en lontananza, ido, vacío. No quiere irse, le gustaría quedarse, pero que todo fuese como antes, que ella lo quisiera de nuevo. La columna de humo de la chimenea industrial es una mancha oscura sobre el cielo gris de la tarde.

Se pasea por el living, agitado, los pensamientos enfebrecidos en su mente.

Oye el movimiento de la llave en la cerradura.

Se sienta rápidamente en el sofá y toma la hoja de papel, como si estuviese revisando sus apuntes.

Josefin lo ve, dice un «hola» frío y cuelga su abrigo color amaranto de la percha.

Viste toda de negro: el vestido corto y tallado, las mallas y los zapatos de tacón mediano. Y la cabellera suelta. Elegante, como si fuese a una fiesta.

Erasmo no le conocía esas prendas. Hace el intento de chulearla, pero no le salen las palabras, mucho menos para preguntarle por qué tan arregladita, de dónde sacó esa ropa, con quién ha quedado de verse después. Es como si una bola se le hubiese trabado en la garganta.

Ella entra a la habitación, abre y cierra una gaveta. Luego sale hacia la mesa del comedor. Erasmo ya ha tomado asiento.

Qué elegante, logra decirle, pero no suena a piropo, sino a queja.

Ella tensiona las comisuras de la boca.

¿Has decidido?

Me voy, dice. Ya vi lo del boleto. ¿Me vas a echar una mano?, pregunta sin que se le quiebre la voz, aunque siente la presión en las sienes, la frente, los párpados.

Ella asiente. Luego pregunta hacia dónde volará.

A Guatemala, dice. Y explica que el boleto más barato es uno para partir dentro de seis días, tiempo suficiente para que depositen el pago de su última traducción, para cerrar sus asuntos.

Y le desliza sobre la mesa la hoja de papel en la que están escritos itinerarios y precios.

Josefin la lee despacio y la desliza de regreso. Dice que ella lo puede apoyar con la mitad del costo. ¿Qué prefiere:

comprarlo él y que ella le dé el efectivo o al revés? Ella quisiera hacer la operación ahora mismo, dejar ese asunto cerrado.

No había pensado en eso, no había pensado que llegarían hasta ese punto, una parte de él no termina de creerlo.

¿Estás segura?, insiste.

Ella asiente.

Quizá lo mejor sea que me lleve el efectivo, dice mientras se pone de pie.

Camina hacia el estudio, en un estado parecido a la somnolencia, a tomar su laptop.

¿Y me podría quedar en el sofá estas noches que quedan?, pregunta, con un hilo de voz, mientras vuelve al comedor.

Le responde que se puede quedar en la cama. Ella no regresará a dormir al apartamento hasta que él se haya ido. Es lo más sano. Sólo vendrá de vez en cuando durante el día a recoger o dejar lo que necesite. Comprende que él no tiene donde quedarse en esta ciudad.

Erasmo abre la laptop.

Una pregunta martilla su cabeza: ¿Desde cuándo ha sido un estorbo para esta mujer sin que él se diera cuenta?

No te reconozco, le dice.

Ella aguza el rostro, interrogante.

Tu frialdad para tirar la relación, todo lo que hemos compartido. Cometí una acción reprobable, algo que nunca había hecho en mi vida. Te he tratado de explicar por qué creo que sucedió. Pero no perdonas. Estás cerrada. Prefieres tirarlo todo.

Ya hablamos de eso en la mañana, dice ella, y por primera vez hay un leve quiebre en su voz, en el gesto adusto. Tampoco es fácil para mí. No quiero volver a hablar de ello.

¿Tienes otra relación?, balbucea.

Lo queda mirando en silencio. Le ha vuelto la severidad al rostro. Niega con un rictus, decepcionada.

Erasmo voltea hacia la pantalla. Ha aparecido una notificación: tiene un mensaje nuevo en su bandeja de entrada. Decide echarle un ojo antes de abrir la página de vuelos baratos.

Josefin se pone de pie y va a la cocina. Toma un vaso de la alacena y se sirve agua del grifo. Por el rabillo del ojo, él observa el hermoso trasero ceñido en la falda negra. Siente una especie de ahogo.

El mensaje es de su compadre Toto, desde Guatemala. Lee: «Qué ondas, maestro. ¿Siempre en el éxito? Por acá, el mierderío borbotea. Un encanto. Venite: sofá y merienda, seguros; las chambas irán saliendo. No te agüevés. Salud».

Erasmo esboza una sonrisa: el compadre, siempre críptico y burlón. Quisiera compartir el mensaje con ella, enseñarle que aún hay gente que lo quiere. Pero no lo hace, sino que se levanta, va hacia la repisa donde está su billetera, extrae su tarjeta de débito y vuelve a la mesa, a la laptop, a abrir la página web de vuelos baratos.

Josefin se ha ido. Él hubiese querido ponerse de pie, abrazarla, besarla, llevársela a la cama para hacer las paces; pero no encontró la fuerza ni para acercársele, menos para tocarla, tuvo miedo. Permanece sentado, la vista fija en la puerta por la que ella acaba de salir, sus pensamientos tambaleantes y desfigurados entre la niebla que acongoja su mente. No hay retorno, ahora está seguro, esa mujer no volverá a abrírsele.

Percibe cómo el silencio crece, ocupa el apartamento, se torna una presencia opresiva. Sin Josefin, su transcurrir pierde todo sentido; ha vivido para ella, no para sí mismo. Tendrá que hacer de tripas corazón para regresar a sus viejos rumbos, para recomponer su vida. Quiere convencerse de que quizá ella tenga razón, que lo mejor sea regresar, que este paréntesis en su vida se ha alargado demasiado y nada hay para él en este país; pero la tristeza y el desasosiego son más fuertes. Vislumbra que la espera hasta el momento de su partida será una lenta y tenaz tortura.